해리 포터를 읽는 시간

해리 포터를 읽는 시간

나는
해리 포터를 읽으며
어른이 되었다

신순화 지음

북하우스

차 례

1부 마법 세계로 가는 길

2부 마음이라는 마법

3부 우리는 모두 마법사다

1부
마법 세계로 가는 길

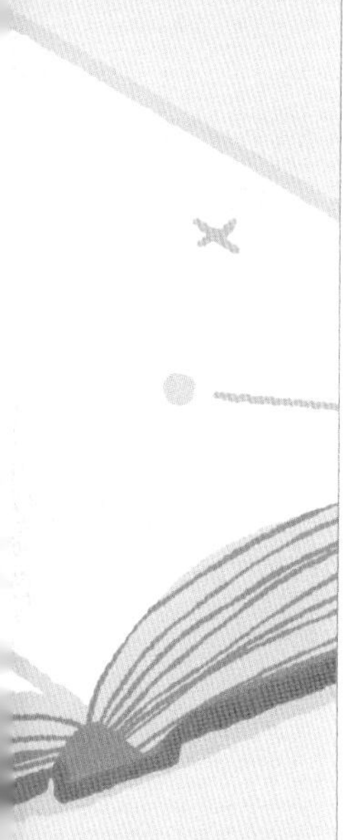

해리 포터와 사랑에 빠지기

"스투페파이!"

"윙가르디움 레비오우사!"

"알로호모라!"

"루모스!"

"엑스펠리아르무스!"

이 주문들의 뜻을 안다면 당신은 '해리 포터' 시리즈 마니아가 틀림없다.

20대 후반에 '해리 포터'에 빠져들어 완결까지 10년 동안 열렬한 팬으로 살았다. 그러면서 훗날 태어날 아이들과 '해리 포터' 세계를 나누게 되기를 고대했다. 하늘을 나는 빗자루, 마법 지팡이, 인어와 용, 개성 넘치는 유령과 무시무시한 악당에 흥미진진한 마법 대결까지…… 아이라면 누구나 신기한 장면들로 넘쳐나는 이 이야기에 빠져들 것이라고 생각했다. 영화로도 제작되었으니 글을 못 읽는 나이라도 영화는 함께 볼 수 있겠지. 내가 열광했던 작품을 아이와 나눌 수 있다면 얼마나 좋을까. 상상만 해도 설렜다.

기대와 달리 첫아이는 영화 〈해리 포터와 마법사의 돌〉을 너무 무서워했다. 마음이 유난히 여리고 감정이 풍부했던 어린아이에게 사악한 악마와 검은 유령들 사이에서 죽을 고비를 넘기는 주인공들이라니. 그 당시 아이는 어둠의 세계를 견딜 수 없었던 것이다. 이후 마음이 크고 단단해져서 현실과 환상, 영화 속의 주인공들과 저 자신을 객관적으로 바라볼 수 있게 되기까지 기다리느라, 나도 덩달아 영화는 훨씬 나중에야 봤다.

아이가 아홉 살이 될 무렵, 남편이 '해리 포터' 시리즈 영화 전편을 구해왔다. 도시의 아파트를 떠나 시골 마을의 오래된 이층집으로 이사 와 텔레비전도 없이 지내던 우리 가족은 영화를 본다는 것 자체에 열광했다. 그해 겨울 몇 주 동안, 우리 가족은 밤마다 '해리 포터' 영화를 보며 지냈다. 영화를 보고 난 다음날엔 메이킹 필름을 보고 또 보았다. 주인공들 인터뷰와 어려운 장면들 제작 과정을 보면서 아이는 드디어 '해리 포터'에 관심을 보이기 시작했다. 어렸을 땐 그저 무섭기만 했던 것들이 흥미진진한 모험과 멋진 마법이 가득한 세계로 다시 열리면서 아홉 살 아이의 마음을 사로잡은 것이다.

영화를 모두 보고 났을 때 슬며시 소설을 권했다. 첫 권을 읽어주며, 해리의 사촌 두들리가 계단 아래층 방에 사는 해리를 괴롭히느라 계단 위에서 일부러 펄쩍펄쩍 뛰는 장면을 내가 직접 2층 계단에서 뛰어내려오며 연기해 보이기도 했다. 그런 내 모습을 아홉 살, 다섯 살, 두 살 아이들은 퍽 재미있어했다. 책을 읽고 그 내용으로 놀이를 하고 다시 영화를 보면서 아이들은 마침내 '해리 포터'의 세계에 빠져들었다. 큰아이는 책을 읽느라 몇 시간씩 꼼짝도 안 하고 나와 대화할 때도 '해리 포터' 이야기만 줄줄 늘어놓더니, 스물네 권짜리 시리즈를 한 달 만에 다 읽어냈다. 책 속 주인공들과 함께 한 달을 산 것이다. 책을 다 읽고 나서는 동생과 해리 포터 놀이에 푹 빠져서 지냈다.

우리는 집 주위에 널려 있는 나뭇가지 중 탐탁한 것들을 골라 다듬어서 마법 지팡이를 만들었다. 큰아이는 그 마법 지팡이에 나름대로 이야기를 담아내었다. 제 것은 호랑가시나무 가지에 불사조의 깃털을 넣은 것이고, 동생 것은 무화

과나무 가지에 유니콘의 피를 넣은 것이라던가? 남편은 마당의 나무들 가지치기를 할 때마다 늘씬한 가지들을 넉넉하게 가져다주며 아이들의 놀이에 호응을 해주었다. 아이들은 자기만의 마법 지팡이를 만들어 멋들어지게 휘두르며 책에 나온 온갖 주문을 상대방에게 날리면서 놀고 또 놀았다. 나도 장단을 맞추느라 아이들이 기절 주문을 날릴 때 몇 번 쓰러져주었지만 너무 힘들어 곧 나가떨어졌다. 두 살배기 막내까지 합세해 세 녀석이 소파 위에서 막대기를 휘두르며 깔깔거리는 모습은 지금도 내 마음속에 가장 사랑스러운 추억으로 남아 있다.

아이들은 침대 위며 계단, 마당을 지치지도 않고 뛰어다녔다. 아이 친구들까지 놀러와 도망치는 볼드모트를 잡겠다고 마당이며 숲속을 뛰어다니던 모습이 눈에 선하다. 조용하고 작은 마을에 어린아이들 웃음소리가 가득 울려퍼지던 행복한 날들이었다.

그때 찍은 사진들을 지금도 가끔 꺼내 보며 웃곤 한다. 아이들과 함께 마법사로 변해 뛰고 웃는 동안 우리는 더 깊이 연결되었다. 터울이 있는 세 아이와 함께 열광할 수 있는 세상을 만나는 일이 정말 신났다. 아이와 가까워지고 행복해지는 가장 좋은 길은 같이 열광하는 것을 늘려가는 일이다.

책이나 스포츠도 좋고, 영화나 만화, 아이돌도 좋다. 서로 결코 완전히 이해할 수 없는 각자의 세계에 살겠지만 이렇게 같이 나눌 수 있는 세계 또한 가지고 있는 것, 정말 멋진 일이다.

이제 아이들은 나뭇가지를 잘라 만든 마법 지팡이 대신 외국의 '해리 포터 랜드'에서 구해온, 영화 속에서 나온 것과 똑같이 생긴 멋들어진 마법 지팡이를 가지고 있다. 그래도 가끔 정원의 나뭇가지들을 손질할 때 유난히 늘씬하고 낭창낭창한 가지를 만나면 나는 또 지나간 추억에 젖곤 한다. 매끈한 모과나무 가지에 우리가 기르고 있는 검은 개 해태의 털을 조금 묻히면 효과 백배인 초강력 마법 지팡이가 될 것만 같아서 새삼 마음이 설레는 것이다.

그토록 '해리 포터'를 동경하던 큰아이는 어느덧 호그와트 마법학교를 졸업한 나이가 되었다. 이제 다른 세상에 깊숙이 들어가 있다. 애지중지하던 마법 지팡이는 먼지를 뒤집어쓴 상자 안에 있고, 아이는 더이상 마법사 놀이를 하지 않는다. 그래도 '해리 포터'에 대한 이야기가 나오면 어느 때고 깊은 대화를 이어간다. 열광적인 마음에서는 빠져나왔지만 신비한 세계에 대한 추억을 여전히 제 안에 품은 채 자라고 있다.

큰아이를 따라 주문을 날리며 뛰어다니던 둘째 아이는 중학생이 되었다. 해리가 전 세계의 마법사 친구들과 대결을 펼치며 우정과 신뢰를 쌓고 제 안의 두려움과 용기를 시험하던 나이다. 둘째 역시 새로운 세상에서 더 많은 모험을 고대하고 있다.

호그와트 마법학교 입학을 열렬하게 소망하던 막내는 드디어 열한 살이 되었다. 어느 날 호그와트 입학을 알리는 편지를 매달고 부엉이가 날아든다 해도 놀라지 않을, 언제나 일상에서 벌어지는 마법 같은 일들에 몸과 마음을 활짝 열어놓고 있는 아이이다. 그 시절 큰아이처럼, 이제 막내가 '해리 포터' 세계에 빠져 밤마다 영화를 보며 마법의 주문들을 외우고 있다. 덕분에 나는 반백 살의 나이에 또다시 막내와 '해리 포터' 놀이를 하게 되었다. 내 또래 친구들은 슬슬 갱년기가 오는 것 같다며 우울해하지만, 나뭇가지를 마법 지팡이처럼 휘두르면서 아이와 함께 웃다 보면 갱년기를 물리치는 가장 효과 좋은 마법은 즐거워서 터져나오는 웃음이라는 걸 알게 된다.

중년의 내게도 '해리 포터'는 여전히 옳다.

같은 시대를 사는 두 세계 이야기

어린 시절, 내가 살던 시골 마을에는 정말 마녀라 해도 믿을 법한 할머니가 한 분 계셨다. 새하얀 머리에 구부러진 허리로, 알아들을 수 없는 말을 중얼거리며 마을을 돌아다니는 할머니를 보며 아이들은 저 할머니가 밤마다 어린애들을 잡아먹을 거라고 소곤거리곤 했다.

할머니뿐인가. 산속 움막 같은 집에서 혼자 사시는 정체 모를 할아버지, 깊이를 알 수 없는 어두운 우물, 이따금 벌어지는 요란한 굿판, 온갖 약재가 주렁주렁 매달려 있던 한약방…… 그때 내가 사는 세상엔 분명 알 수 없는 신비가 함께 있었다. 두렵지만 몹시 궁금한 세상. 그런 세상에서 내가 모르는 일들이 일어나고 있을 거라는 상상이 떠나지 않았다.

매일 마주치는 사람, 매일 보는 풍경 속에 내가 모르는 놀라운 비밀이 숨겨져 있다는 생각은 상상만으로도 흥미롭다. '해리 포터'의 세계가 딱 그렇다. 마법사들이 어떤 가상의 세계가 아니라 우리가 사는 이 세상에 같이 살고 있다니. 아주 은밀하게, 아주 교묘하고 신기하게 우리 세계와 섞여 있으면서 우리가 알아채지 못하는 방식으로 숨어 있다는 것, 이게 정말 멋지다.

마법 세계가 내가 잘 아는 곳, 마음먹으면 직접 가볼 수도 있는 곳이라고 생각하면, '해리 포터' 이야기는 마치 지금 내 옆에서 일어나는 일같이 느껴진다.

호그와트 마법학교로 가는 급행열차는 영국 런던 킹스크로스 역 9와 4분의 3번 승강장에서 탈 수 있다. '해리 포터' 덕분에 유명해진 킹스크로스 역에는 이제 9와 4분의 3번 승강장 표지판까지 달려 있단다. 언젠가 영국 여행을 가면 이곳을 꼭 찾아가자고 아이들과 약속했다.

우리 세계로 치면 공무원이라 할 수 있는 마법부 직원들은 런던 시내 공중화장실 변기로 출퇴근을 한다. 변기 속에 들어가 밸브를 잡아당기면 물과 함께 휘리릭 쓸려내려가 마법부에 도착한다니, 정말이지 이 대목 때문에라도 런던의 공중화장실에 꼭 가보고 싶다. 마법사들이 아프거나 다쳤

9 3/4
HOGWARTS
EXPRESS

을 때 가는 '성 뭉고 병원'은 아주 평범하게 생긴 상점이 있는 커다란 구식 건물로 위장해 있는데, 마법사들은 그 진열장을 통과해 그들의 눈에만 보이는 병원으로 들어간다. 위기에 빠진 마법사들을 위한 구조버스도 영국에서 흔히 볼 수 있는 2층 버스와 똑같이 생겼지만, 차들로 붐비는 거리를 무시무시한 속도로 달리거나 차들과 차들 사이를 지날 때 가늘고 길게 늘어나도 보통 사람들의 눈에는 보이지 않는다.

익숙하고 평범한 일상을 마법 세계와 연결시키는 작가의 상상력에 빠져들다 보면 우리가 사는 곳도 신비한 세상과 연결되어 있을 것만 같다. '해리 포터'의 세계에서는 인간 세계와 마법 세계의 대표자가 서로 비밀을 공유하고 협조한다. 총리가 바뀌면 마법 세계의 대표가 찾아와서 인사를 하고 여러 일을 의논하는 식이다. 소설 속에서는 마법부 장관이 영국 총리실 벽난로를 통해 나타난다. 우리나라 청와대에서도 이런 만남이 이루어진다면 어떨까. 청와대엔 벽난로가 없을 테니 다른 방법을 찾아야겠지만.

'해리 포터' 시리즈가 처음 세상에 나왔을 때 열한 살이었던 주인공들은 소설의 마지막 장면에서 중년에 접어든 모습으로 등장한다. 머리칼에 흰빛도 비치고 살도 적당히 붙은 평범한 어른이 되어 호그와트에 입학하는 자녀들을 챙기는 모습은 여느 부모와 다름없다. 그들이 지금도 인간 세계 어디선가 나처럼 한 살 한 살 나이 들어가며 살아가고 있을 것만 같다. 가끔 상상한다. 헤르미온이 마법부 장관이 되고, 해리가 악행을 저지른 마법사를 처리하는 기관의 국장이 되고, 론이 장난감 가게 사장이 된 마법 세계를. 호그와트 최고의 말썽꾸러기들이 마법 세계에서 성장하고 부모가 되는 동안, 나도 엄마가 되었고 중년이 되었다. 해리의 아이들이 아빠처럼 그리핀도르 기숙사 학생이 되어 공부하는 동안, 내 아이들도 계속 새로운 세상 속으로 나아갈 것이다. 볼드모트를 물리쳤던 주인공들도 이제 부모가 되어 아이들의 교육에 관심을 쏟고 아이들이 커가는 모습에 울고 웃으며 더 나은 마법 세계를 만드는 일에 최선을 다하겠지. 지금 살고 있는 이 세상이 보다 나은 곳이 되기를 바라는 나처럼.

나는 내가 사랑하는 책 속의 주인공과 함께 나이를 먹어가며 비슷한 고민을 하고 같이 애쓰고 있다고 생각하면서 산다. 내 삶 속에서 그들은 여전히 나와 함께한다. 해리 포터와 동시대를 산다는 생각은 큰 감동과 기쁨을 준다. 무엇보다 내 삶이 훨씬 흥미롭고 즐거워졌다.

같은 시공간에 무수히 많은 다름이 존재하는 세상, 심지어 마법사와 함께 살아가는 세상이란 너무나 멋지지 않은가. 언젠가 어느 곳에서 진짜로 마법사를 만나게 된다 해도 놀라지 않겠다.

이미 오래전부터 그들과 같이 살아왔고 앞으로도 함께 살아갈 것이므로.

마법 주문들

'수리수리 마수리' 말고 딱히 아는 주문이 없던 나에게 '해리 포터'는 차원이 전혀 다른 마법 주문의 세계를 보여주었다.

마법사가 지팡이를 휘두르며 주문을 외우면 잠겼던 문이 열리고, 어둠 속에서 환한 빛이 생긴다. 막혀 있던 공간이 폭발하고, 나를 괴롭히려는 사람들이 허공으로 날아가고, 물건이 둥둥 떠오른다. 하여간 온갖 일이 다 일어난다.

유용하고 즐거운 주문만 있는 건 아니다. 다른 사람을 기절시키고, 고통스럽게 하고, 조종하고, 죽이는 무시무시한 주문들도 있다. 이런 '어둠의 마법'에 마음을 뺏겨서 그런 마법만 배우고 익히는 마법사들도 있다.

한창 책에 빠져 살 때에는 대표적인 주문들을 다 외우겠노라고 호기를 부리기도 했다. 결국 열 개 남짓 외우다가 포기했지만. 몇 가지라도 주문을 소리내어 외우다 보면 정말 그 마법을 부릴 수 있을 것 같은 기분이 들어 혼자 흡족해하기도 했다.

가까운 '해리 포터' 팬들에게 물었다. 어떤 마법 주문이 가장 매력적이냐고.

나와 일란성 쌍둥이인 자매는 '소노루스' 주문이 제일 먼저 떠오른다고 했다. 마법 지팡이를 목에 갖다대면서 이 주문을 외우면 목소리가 어마어마하게 커진다. 많은 사람에게 중요한 얘기를 전달해야 할 때 주로 이 마법을 쓴다. 나의 쌍둥이 자매는 아이가 둘인데, 그 두 아이가 어릴 때 일본 디즈니랜드에 데리고 갔다가 큰아이를 잃어버린 적이 있었다. 아이에게 휴대전화도 없던 시절인 데다 말이 안 통하는 외국의 놀이동산이었으니 얼마나 애가 타고 걱정이 되었을까. 그녀는 그때 절실하게 이 주문을 떠올렸다고 했다. 아주 큰 목소리로 아이 이름을 부른다면 금방 찾을 수 있을 테니까. 다행히 마법을 부리지 않고도 아이를 바로 찾았지만, 그후로 그녀는 '해리 포터'를 떠올릴 때마다 이 주문이 제일 먼저 생각난단다.

둘째 아이는 '오블리비아테'가 가장 마음에 남는다고 했다. 기억을 없애는 주문이다. 기억을 없앤다는 것 자체가 굉장히 강력한 마법으로 느껴졌고, 영화 속에서 이 주문이 나오는 장면이 몹시 인상적이었기 때문이란다. 이 마법을 쓰는 건 헤르미온이다. 마법 세계를 위험에 빠뜨린 볼드모트를 물리치기 위해 목숨을 건 모험을 떠나게 된 헤르미온은 부모의 기억에서 자신의 존재를 지우려고 이 주문을 외운다. 자신의 행방을 알아내려는 악당들이 부모를 고문할 경우 아무 말도 할 수 없도록 부모의 추억과 기억 속에서 외동딸인 자신을 하나하나 지운다.

막내는 '랭록' 주문을 좋아한다. 이 주문을 외우면 혀가 입천장에 딱 붙어서 말을 할 수 없다. 막내는 이 마법을 내가 자기에게 잔소리할 때 쓰고 싶단다. 엄마 혀가 딱 붙어서 더이상 잔소리를 못 하도록 하고 싶은 것이다. 나한테 야단맞을 때 막내가 살짝 "랭록"이라고 소곤거리는 것을 본 적도 있다. 나야말로 아이들이 내게 말대꾸할 때 '랭록'을 외치고 싶은 마음이 굴뚝같다. 예의도 상식도 없고, 국민에 대한 애정도, 국정에 대한 이해도 없으면서 무조건 상대방을 조롱하고 모욕하는 데만 열을 올리는 정치인들에게도 이 주문을 날리고 싶다. 저 무례하고 수준 낮은 혀들을 못 움직이게 하고 싶다. 입천장에 딱 붙어버려라, 랭록! 랭록!!

밤길에 치한을 만나면 '로코모토르 모르티스' 주문을 날리고 싶다. 다리 묶기 주문이다. 괴롭히는 사람을 꼼짝 못하게 할 때 아주 쓸모 있을 것이다. 물론 '피니테 인칸타템'도 있다. 상대방의 동작을 멈추게 하는 주문이다. 조금 더 재미있게 복수를 하려면 '타란탈레그라' 주문을 외치면 된다. 퀵스텝을 밟게 하는 주문이다. 무시무시한 목소리로 위협을 하거나 갑자기 덮치려는 사람에게 이 마법을 쓰면 얼마나 당황할까. 경찰이 도착할 때까지 나는 그의 어쩔 줄 모르는 퀵스텝을 보란 듯이 감상하고 싶다.

재미있고 신기한 주문이 정말 많은데 역시 가장 쓸모 있는 주문은 '아씨오'다. 멀리 떨어져 있는 물건을 자기 앞으로 날아오게 하는 주문이다. 누워서 텔레비전을 보고 있는데 리모컨이 멀리 있거나, 책상에 앉아 뭘 좀 잘라야 하는데 가위가 다른 곳에 있을 때, 이 주문을 외우면 필요한 물건이 척 하고 내 앞으로 올 테지.

'머플리아토' 주문도 정말 맘에 든다. 가까이에 있는 모든 사람의 귀에 윙윙거리는 소리만 들리도록 만들어서 다른 사람이 엿들을 염려 없이 얘기를 나눌 수 있는 주문이다. 어떤 장소에서든 마음놓고 떠들 수 있으니 얼마나 신날까. 해리와 론, 헤르미온은 이 주문을 써서 사람들이 북적이는 장소에서도 걱정없이 중요한 정보를 나누고 의논을 하곤 한다.

'모빌리코르푸스'는 기절한 사람을 허공에 띄워 데려가는 주문이다. 이 주문은 아침마다 깨우기가 힘든 큰아이에게 쓰고 싶어진다. 도무지 일어나지 않는 아이를 허공으로 둥둥 띄워서 욕실 세면대 앞에 딱 세울 수 있다면 참 좋겠다. 음식이 목구멍에 걸렸을 때 단번에 뚫어주는 '아납네오' 주문도 아이를 키우는 사람으로서 탐난다.

아이들이 자라고, 집을 떠나 기숙사에서 지내기도 하고, 언젠가는 독립해서 따로 살 것을 생각하면 정말 쓰고 싶은 주문들이 있다.

'프로테고 토탈룸', '살비오 헥시아', '카베 이니미쿰', '레펠로 머글레툼'. 이런 주문들은 내가 머무는 곳 주변을 나쁜 힘으로부터 지켜주는 방어 주문들이다. 딸들이 커가는 것을 지켜보면 흐뭇하지만 여자 혼자 사는 집이 각종 범죄의 표적이 된다는 뉴스를 들을 때마다 가슴이 철렁 내려앉는다. 대한민국의 부모들은 딸들의 안전을 지키기 위해서 모두가 마법사라도 되어야 하는 모양이다. 물론 이런 주문들이 필요 없도록 우리의 소중한 딸과 아들을 안전하게 잘 지켜주는 사회가 되기를 간절히 바란다.

그건 그렇고, 누가 요즘 나한테 '콘푼도' 주문을 쓰는 게

틀림없다. 방금 한 일을 잊어버리게 만드는 주문이다. 분명 뭔가를 꺼내려고 냉장고를 열었는데 뭘 꺼내려고 했는지 기억이 안 나거나, 금방 둔 물건을 어디다 두었는지 생각이 안 나거나 하는 일이 너무 잦다. 아이들은 순전히 내가 나이 든 탓이라고 말하지만 절대 아니다. 그럴 리 없다. 누군가가 내게 분명 콘푼도 마법을 쓰고 있을 것이다. 정말이다.

마법 지팡이만 있으면 다 된다고 생각하겠지만

나도 마법 지팡이 하나 있으면 얼마나 좋을까. 지팡이만 휘두르면 원하는 것들이 다 이루어질 텐데. 램프의 요정 지니가 있어도 좋겠다. 램프만 문지르면 나타나서 내가 원하는 것을 척척 들어줄 테니까.

이런 소원을 빌 때가 있다. 되는 일도 없고, 하는 일도 잘 안 되고, 막막하고 어려워서 도무지 길이 보이지 않을 때. 젠장, 마법이라도 부릴 수 있다면 좋겠다…… 할 때가.

'해리 포터' 세계의 마법사는 모두 마법 지팡이로 갖가지 마법을 부린다. 그런데 지팡이만 휘두른다고 되는 게 아니다. 지팡이를 휘두르면서 주문을 외워야 하는데, 마법마다 필요한 주문도 지팡이 사용법도 다 다르다. '호메눔 레벨리오'니 '페트리피쿠스 토탈루스'니 주문들의 발음도 어렵지만 억양도 정확해야 한다니, 덜렁대고 건망증이 심한 사람은 지팡이가 있어도 마법을 부리기가 쉽지 않다.

'해리 포터'에 등장하는 마법들은 굉장히 상식적이기도 하다. 주문 한 번에 수십 가지의 과정이 뚝딱 이루어지는 마법은 없다. 위즐리 부부는 큰아이의 결혼식을 위해 며칠 동안 수십 가지의 마법을 부려가며 땀을 뻘뻘 흘린다.

허공에 천막 기둥을 하나하나 세워 땅 위로 내려 야외 결혼식장을 만들고, 음식을 대접하기 위해 일일이 재료를 나르고 썰고 휘젓고 굽고 뒤집고 차리는 마법을 쓴다. 주문 한 번에 수십 명 먹을 음식이 뚝딱 만들어지고, 대형 천막 여러 개가 좌르륵 펴지는 것은 마법으로도 불가능하다.

지니고 있는 것을 조금 보기 좋게 할 수는 있어도, 없는 것이 저절로 생기는 마법은 부릴 수 없다. 비어 있는 금고를 금화로 넘치게 할 수도, 낡은 집을 멋들어진 저택으로 바꿀 수도 없다. 만약 그런 마법이 가능하다면 가난한 마법사는 한 명도 없을 것이다. 그러나 같은 마법사라도 부자인 말포이 집안이 있는가 하면, 중고 시장에서 낡은 옷을 사야 하는 위즐리 집안도 있다.

지팡이를 잃어버리거나 망가뜨려도 마법을 부릴 수 없으니 지팡이를 잘 챙기는 일만 해도 보통이 아니겠다. 손에 들고 있던 휴대전화도 어디에 뒀는지 몰라 찾아 헤매는 나 같은 사람은 마법사가 아닌 게 다행일 지경이다. 부러진 안경다리를 고치고, 멀리 있는 물건을 내 앞으로 불러들이고, 동물의 털색을 바꾸고 물건 크기를 바꾸는 비교적 쉬운 마법부터 사람의 기억을 지우거나 거짓된 기억을 심거나 다른 사람을 내 뜻대로 움직이게 하는 복잡하고 어려운 마법에 이르기까지, 마법의 종류는 수천수만 가지가 넘는다.

사소한 마법은 주문도 동작도 단순하지만, 중요한 마법일수록 까다롭고 어려워서 훈련과 연습이 필요하다. 아무리 연습해도 끝내 실패하는 경우도 얼마든지 있다. 학생들은 물건을 변하게 하는 마법이나 빗자루를 타고 하늘을 나는 마법마저도 단번에 해내지 못한다. 순간 이동 같은 마법은 아주 어려워서, 간신히 익혔다고 생각하더라도 막상 실습에서 신체를 온전히 다 이동시키지 못하기도 한다. 순간 이동에 성공한 줄 알았는데, 다리 한 짝이 여전히 그 자리에 남은 경우는 상상만 해도 끔찍하다.

위험한 일은 또 얼마나 많은지, 효능이 뛰어난 마법 약을 만들기 위해서는 재료 하나하나 넣는 순서와 방법까지 정교하고 완벽해야 한다. 제대로 해내는 이는 우등생 헤르미온 정도다. 실수로 약을 흘려서 살이 녹아버리거나 마법 생물을 다루는 데 서툴러서 물리고 찢기고 부러지는 부상도 흔하다.

고대부터 내려오는 신비한 마법을 익히기 위해서는 고대 문자를 줄줄 읽을 수 있는 능력을 먼저 키워야 한다. 고전을 읽기 위해서 한문을 먼저 배워야 하는 우리와 다를 게 없다. 많은 아이가 어렵고 복잡한 마법을 포기하는 것도 이해가 된다. 해리와 론은 기초적인 마법을 익히는 것도 어렵고 힘들어서 허덕인다. 헤르미온은 교과서에 있는 마법은 물론 다른 책에 있는 마법까지 제 것으로 만들지만.

마법 세계에서 안정적인 직장은 손에 꼽을 정도로 적어서 경쟁이 치열하다. 호그와트 학생들은 학년마다 시험을 통과해야 한다. 고학년으로 올라갈수록 시험에 대한 압박이 극심해진다. 학년에서 가장 뛰어난 학생인 헤르미온마저 시험 성적 때문에 안절부절못할 정도다. 스트레스를 이기지 못해 병이 나는 아이들도 있고 온갖 미신에 의존하기도 한다. 론은 한번 마시면 집중력이 스무 배는 올라간다는 말에 속아 비싼 돈을 주고 가짜 약을 샀다가 헤르미온에게 비난을 받기도 했다. 성적이 좋지 못하면 부모의 잔소리가 넘쳐난다. 성적 스트레스는 마법 세계나 현실 세계나 다르지 않다. 마법을 익히는 데 재주가 없는 마법사들은 좋은 직장을 얻지도 못하고, 평생 시시하고 사소한 마법만 부리면서 가난하게 살아갈 수밖에 없다. 덤블도어나 볼드모트처럼 뛰어난 재능을 타고나거나 상상할 수 없는 노력을 기울이는 소수의 마법사들만 꿈도 못 꿀 마법을 부릴 수 있다.

그러니까 나도 마법사라면 얼마나 좋을까, 마법 지팡이만 있으면 다 될 텐데…… 하는 생각은 버리는 게 좋다. '해리 포터'의 세계를 여행하다 보면 이 아이들이 해내야 하는 마법 공부와 그 과정이 너무 어려워서 오히려 우리가 하는 공부며 시험 준비가 더 쉽게 느껴질 정도다.

세상에 노력과 시간과 정성이 없이 이루어지는 일은 없다는 사실. 이 간단한 진리를 '해리 포터'의 마법사들에게서도 배울 수 있다. 그러니까 불평하거나 헛된 상상에 빠지기 전에 일단 지금 여기서 우리가 해야 할 일에 마음과 몸을 기울일 일이다. 어떤 세상이든 그것 없이는 아무것도 이룰 수 없다. 우리가 마법사라 해도 말이다.

현실에서 벌이는
마법 세계 스포츠

손흥민 선수가 또 골을 넣었다는 소식을 들으면 괜히 으쓱해진다. 스포츠야말로 시대와 국경을 뛰어넘는 사람들의 큰 관심사다. 그중에서도 축구는 온 세상 사람들이 가장 열광하는 스포츠일 것이다. 월드컵이나 올림픽 경기라도 열리면 지구가 다 들썩이니 말이다.

마법 세계에도 마법사들이 열광하는 스포츠가 있다. 바로 '퀴디치'라는 경기다. 퀴디치는 마법 빗자루를 타고 날아다니며 골을 넣거나 잡는 경기로, 추격꾼, 파수꾼, 몰이꾼, 수색꾼 등 한 팀당 선수 일곱 명이 참가한다. 크기와 생김새가 다른 네 개의 공이 필요하며, 축구공 크기의 빨간색 공 퀘이플을 추격꾼 세 명이 상대편 세 개의 골대 중 하나에 통과시키면 점수를 얻는다.

파수꾼은 골대 주변을 날아다니며 상대편 추격꾼이 던지

는 공을 도로 쳐내는 역할을 한다. '블러저'라 불리는 검은 색 강철 공 두 개는 자유자재로 날아다니며 선수들을 향해 돌진한다. 한번 맞으면 부상을 당할 만큼 강력하기 때문에 몰이꾼 두 명이 이 공을 쳐내서 상대편으로 날려보내는 역할을 한다.

재빠르게 날아다니는 호두 크기의 날개 달린 금빛 공은 '스니치'라고 하는데, 수색꾼이 이 공을 잡는 역할을 맡는다. 이 공을 잡으면 한 번에 150점을 얻기 때문에 수색꾼의 실력이 가장 중요하다.

자기가 마법사인 줄 모르고 자랐던 해리는 퀴디치라는 스포츠에 대해 들어본 적이 없지만 타고난 선수였다. 비행술 첫 수업 때 뛰어난 순발력과 판단력을 보여주어 사람들을 놀라게 한 해리는 곧 그리핀도르 팀의 수색꾼이 되어 퀴디치 경기에 참여한다. 그러나 경기마다 수많은 위험에 처한다. 라이벌 팀과 붙은 첫 경기에서는 빗자루에 마법이 걸려 떨어질 뻔하고, 인정사정없이 덤벼드는 블러저 때문에 곤란을 겪고, 빗자루에서 떨어져 손목이 부러지는 등 별별 일을 다 겪는다. 해리는 첫 경기에서 뛰어난 활약으로 스니치를 잡는 데 성공하지만, 손이 아니라 얼떨결에 입으로 받아낸다. 이것은 시리즈 맨 마지막 편에서 죽음을 무릅쓰고 볼드모트에게 가는 해리에게 아주 중요한 단서가 된다. 스니치에는 처음 닿은 사람의 피부를 기억하는 놀라운 마법이 숨겨져 있기 때문이다.

작가 조앤 롤링은 독자들을 위해 『퀴디치의 역사』라는 책을 따로 썼다. 책 속의 주인공들이 읽는 책을 독자들도 현실 속에서 읽는 기분이 재미있다. '해리 포터'의 세상이 우리와 한층 더 긴밀히 연결되어 있는 것만 같다. 이 책에는 퀴디치의 유래, 변천사, 세계 각 나라 퀴디치 팀의 특징, 규칙과 반칙, 빗자루의 변천사까지 흥미진진한 내용이 실려 있어서 마치 호그와트 학생이 되어 교과서를 읽는 것 같은 기분이 든다.

애초에 마법사들이 왜 다른 것도 아닌 빗자루를 타고 날아다닐 생각을 했는지도 이 책에 나와 있다. 오랜 옛날 주로 농사를 짓던 유럽에서는 집집마다 빗자루가 흔했기 때문에 타게 되었다나. 게다가 빗자루는 눈길을 끌 만한 물건이 아니다 보니 존재를 들킬 염려도 없고, 가벼우면서도 구하기 쉬워서 여러모로 딱이었단다.

그래도 가느다란 자루에 앉아서 날아다니려면 엉덩이가 무척 아팠을 것 같은데, 이런 점을 해결한 마법사도 책에 나온다. 그는 빗자루 위에 부착할 수 있는 투명 방석을 발명했다는데, 이것을 고안하기 전에는 마법사들이 치질로 고생했다고 한다. 웃음이 나오는 대목이다.

퀴디치 경기에서는 아무 빗자루나 쓰면 안 되고, 몇몇 장인이나 전문 제작 회사에서 만든 것을 써야 한다. 성능이 좋을수록 빗자루값이 비싸다니, 어쩐지 힘이 빠진다. 재능은 뛰어나지만 가난해서 좋은 장비로 연습할 수 없는 현실 세계 선수들의 상황과 비슷하다. 자본의 힘이 현실 세계에서나 마법 세계에서나 막강한 영향을 미친다는 사실은 씁쓸하다. 무엇보다 재능과 노력으로 공정하게 승부가 나는 것처럼 보이는 스포츠에서도 자본이 큰 영향력을 발휘한다는 것은 정말 아쉽다.

어쨌든 작가가 창조한 독특한 마법 스포츠 퀴디치 덕분에 독자들은 입체적이고 생생한 스릴을 즐길 수 있다. 영화 속에서 해리와 말포이가 서로 공을 먼저 잡으려고 아슬아슬한 추격전을 벌이는 장면은 마치 영화 〈스타워즈〉의 제다이와 제국군이 맞붙는 장면처럼 짜릿한 박진감이 넘친다. 뛰어난 특수 효과 기술 덕분에 더욱 멋지게 구현되었다.

놀랍게도, 열성 독자들은 퀴디치를 책과 영화로 보는 걸로 끝내지 않고 현실 세계에서 직접 즐긴다. 물론 하늘을 날 수는 없으므로 선수들이 빗자루를 다리 사이에 끼고 달린다. 남녀 혼성으로 이루어진 팀에서 추격꾼들은 퀘이플 공을 들고 달리다가 상대편 골대에 넣어 점수를 얻고, 블러저를 들고 있는 선수들은 상대편 선수들에게 달려들고, 몰이꾼들은 인간 블러저들을 몰아낸다. 저절로 날 리 없는 골든 스니치는 어떻게 해결했을까. 내가 본 해외 영상 속에서는 노란 옷을 입은 사람이 골든 스니치 역할을 맡아서 경기 내내 열심히 도망을 다닌다. '머글' 퀴디치는 2005년부터 시작되어 현재 전 세계 수백 개의 팀이 있고 2년에 한 번씩 월드컵까지 열린다고 한다. 우리나라에도 서울대학교 '퍼프스킨스' 팀과 청주교육대학교 '머글스' 팀이 있다. 2019년 7월에는 인천에서 최초로 퀴디치 아시아 대회가 열려 중국, 베트남, 일본, 말레이시아, 호주 등 다양한 나라가 참가했다.

하나의 세계를 사랑하고 열정을 바치는 마음이 모여 마법 세계를 이어가고 있다는 것, 이거야말로 '해리 포터'의 세계가 만들어낸 마법 같은 일이 아닐까?

동네 조기 축구회가 있는 것처럼 '조기 퀴디치회'가 생기면 좋겠다. 신나게 웃으며 뛰다 보면 우울함 따위는 다 날아가지 않을까?

아니다. 다리 사이에 빗자루를 낀 채 달리다가는……

역시 구경만 하는 쪽이 낫겠다.

기억을 기억하는 일

인간을 이루고 있는 것은 무엇일까. 사회적 지위, 경제적 능력, 일에서의 성취, 지금의 모습, 품고 있는 계획, 맺고 있는 관계…… 여러 가지가 있겠지만, 결국 인간이란 자신이 경험한 기억과 감정의 총체가 아닐까 생각한다.

기억을 잃는다는 것은 곧 나를 잃는다는 것이고, 나를 잃는다는 것은 모든 것을 잃는다는 뜻이다. 내가 나인 것도, 나였던 것도 모르는 것. 많은 사람이 치매를 두려워하는 이유일 것이다. 기억이 사라진 자리에 남는 것은 낯설고 텅 빈 눈빛일 테니, 당사자도 주변 사람들도 얼마나 고통스러울까.

'해리 포터' 이야기에는 기억에 대한 아주 독특한 도구가 등장한다. 머릿속의 기억을 끄집어내 현재처럼 다시 경험하게 해주는 도구다. '펜시브'라고 불리는 이 도구는 돌로 만든 커다란 대야같이 생겼는데, 그 안에 은빛 기체 혹은 액

체처럼 생긴 안개가 소용돌이치고 있다. 마법사들은 지팡이 끝을 관자놀이 근처에 가져다대고 특정한 기억을 끄집어낼 수 있는데, 그러면 기억이 마치 은빛 실오라기처럼 지팡이 끝에 묻어나온다. 그것을 펜시브 안에 흘려넣으면 기억을 다시 들여다볼 수가 있다. 눈으로 볼 수 있을 뿐만 아니라 기억 속으로 뛰어들어 다시 체험할 수도 있다. 생각과 기억이 넘쳐 감당이 되지 않을 때 그것들을 머릿속에서 꺼내 유리병에 담아두었다가 차분한 시간에 펜시브를 통해 다시 들여다보면 그 맥락이나 연관성을 훨씬 잘 파악할 수 있다.

해리가 돌아가신 부모님의 학창 시절을 볼 수 있었던 것도 다른 선생님, 스네이프의 기억이 담겨 있던 펜시브를 통해서였다. 이 물건 덕분에 해리는 한 사람의 여러 모습, 그가 간직한 아픔과 진실을 하나하나 만나게 된다. 누군가의 기억을 엿보는 일은 때로 너무 충격적이고 고통스럽다. 펜시브는 시리즈 마지막 장에 다시 등장해, 죽어가는 스네이프가 해리에게 남긴 기억을 보여줌으로써 상상을 뛰어넘는 놀라운 반전과 감동을 선사한다.

만약 그런 물건이 있다면 나는 어떤 기억들을 꺼내보고 싶어질까. 어떤 사람의 기억을 엿보고 싶을까. 만나본 적은 없지만 나의 일부분인 분들이 담긴 기억을 엿보고 싶다. 예를 들면 친할머니. 어릴 적에 부모님을 여읜 아빠는 가끔 방에 홀로 기대앉아 "어머님의 손을 놓고 돌아설 때엔"으로 시작하는 노래를 부르시곤 했다. 또 돌아가신 할머니 생각을 하시는구나…… 저릿하고 애달팠다. 내가 다 알지 못하는 아빠의 기억 속을 들여다볼 수 있다면 할머니를 한번 뵙고 싶다. 아빠와 닮으셨겠지. 한눈에 봐도 알아보겠지. 내 몸 어딘가에도 그분이 물려주신 것들이, 그분에게서 온 것들이 흐르고 있을 텐데 얼굴도 모른다고 생각하면 서글프다.

오래전 돌아가신 외할머니와 단둘이 떠났던 대천해수욕장 여행도 그립다. 여름이 지는 시기라 사람이 많지 않던 바닷가, 우리는 얕게 밀려오는 파도 사이를 걸었다. 별말은 없었다. 말이 없어도 서로를 너무 잘 알았고 사랑했다. 나는 맨발을 적시며 걸었고, 할머니는 내 샌들을 조심스럽게 들고 한참 뒤에서 말없이 따라오고 계셨다.

나는 젊었고, 머릿속엔 온통 좋아하던, 그러나 잘 만날 수 없었던 사람 생각뿐이어서, 한참을 말없이 걸었다. 그러다 문득 뒤를 돌아보면, 할머니가 거기 계셨다. 그렇게 언제까지나 내 뒤를 따라오실 것 같았다. 함께 걸으면서도 마음을 다른 곳에 두고 있던 나에게, 아무것도 묻지 않고 같이 있어주는 것으로 모든 것을 다 주셨던 할머니. 지금도 그 모습을 생각하면 가슴이 뻐근해진다. 소중한 사람에게 끝내 묻지 않는 것이 얼마나 큰 사랑일 수 있는지 이제야 알게 되었기 때문이다.

더 희미해지기 전에 그날의 기억을 고스란히 꺼내서 예쁜 유리병에 잘 담아두었다가 아무때고 할머니가 그리울 때 펜시브에 가만히 흘려넣고 그 기억 속으로 풍덩 뛰어들 수 있으면 좋겠다.

지금은 수많은 디지털 사진과 영상으로 자신을 기록하며 살아간다. 인터넷 공간에도 우리의 흔적이 넘친다. 어느 순간, 어떤 기억이든 터치 몇 번으로 전부 불러올 수 있는 세상이다. 그것들이 이 시대의 펜시브일 것이다. 재생하면 언제든 다시 볼 수 있는 기억들.

그러나 그토록 넘치는 기억들은 우리를 얼마나 제대로 보여줄까. 기록이 많아지는 만큼 관계와 추억도 더 깊어지는 걸까. 그토록 다양한 연결과 공감과 호응 속에 살아가는데, 왜 사는 일이 자주 지독하게 외로워지는 것일까. 왜 잘 안다고 생각했던 사람이 돌연 낯설어지는 것일까. 그 까닭을 알고 싶어 오늘도 나는 이 시대의 펜시브 속으로 내 기억을 흘려보낸다. 흩어지고 자꾸 희미해지고 순식간에 섞여버리는 기억들을 하나하나 섬세하게 가르고 덧칠을 벗겨가며 그 기억 속의 진심과 알맹이를 감히 골라볼 수 있기를 원한다.

영화를 몇 번이고 거듭해서 보고 난 다음에야 호그와트의 교장실 한쪽에 기억이 담긴 유리병이 가득 꽂혀 있는 진열장이 있다는 것을 알아보았다. 섬세하게 세공된 길쭉한 유리관들은 딱 맞게 짜인 둥근 나무 틀 안에 마치 실험실의 시험관들처럼 가지런히 꽂혀 있었다.

기억을 담아서 보관하는 진열장이라니. 그 안에 어떤 기억들이 담겨 있을지 상상하는 것만으로도 마음이 반짝거린다. 호그와트 마법학교의 교장실에는 신기하고 멋진 물건들이 가득하지만 가질 수 있는 딱 두 가지를 고르라면 나는 펜시브와 기억을 보관하는 유리병이 담긴 그 멋진 나무 틀을 고르고 싶다. 언제까지나 내 기억의 주인으로 남을 수 있기를 바라기 때문이다.

인기라는 함정

많은 사람이 유명해지는 것을 꿈꾼다. 이름이 널리 알려지고, 사람들이 알아봐주고, 어디서나 환호를 받는 일은 정말 멋져 보인다. 이런 유명세와 인기는 곧잘 돈과 연결된다. 이제 인기는 최고의 권력이다. 그렇지만 진짜가 아닌 것으로 얻은 인기는 금방 한계가 오기 마련이다. 인기란 내가 잘하는 일, 내가 좋아해서 애정을 바치고 애쓰는 일을 열심히 해나가는 과정에서 자연스럽게 따라오는 것이어야 하는데, 인기를 얻는 것이 목적이 되어 무리를 하면 어쩌다 인기를 얻게 되더라도 그것은 곧 나를 무너뜨리는 독이 되고 만다.

열한 살까지 평범한 인간으로 살다가 어느 날 갑자기 자신이 마법사라는 사실을 알게 된 해리. 출생의 비밀을 받아들이는 것도 정신이 없을 지경인데, 심지어 아기였을 때 악의 화신 볼드모트를 물리친 일로 마법사 세계에선 모르는 사람이 없을 정도로 유명한 인물이라니, 해리는 놀랍고 어리둥절하다. 이거야말로 어느 날 자고 일어났더니 스타가 되어 있다는 것이 아닐까.

해리의 마음은 복잡하다. 자기는 기억나지도 않는 일로 어딜 가든 사람들이 자기를 알아보고 수군거리면서 볼드모트를 물리친 증거로 생겨났다는 이마의 흉터를 가리키는 일이 결코 유쾌할 수만은 없는 것이다. 해리는 그저 자기 자신으로 행동할 뿐인데 사람들은 해리의 행동에서 뭔가 특별한 능력을 기대한다. 못하면 못한다고 수군거리고, 애써서 잘 해내도 당연하게 여기고, 원치 않는 질투와 시기를 받고, 가끔은 노골적인 무시와 견제도 받아야 하는 일상이란 결코 만만치 않았을 것이다. 아무리 애를 써도 사람들의 관심에서 벗어날 수 없다는 사실은 해리를 자주 숨막히게 한다.

시리즈 두 번째 편 『해리 포터와 비밀의 방』에는 명성을 좇는 또 다른 인물이 나온다. 바로 어둠의 마법 방어술 수업을 맡은 질데로이 록허트 교수다. 이 사람은 아주 유명한 마법사다. 일단 외모가 그럴듯하다. 부드러운 금발에 눈부시게 하얀 이를 드러내며 활짝 웃으면서 멋들어진 망토와 모자로 자신을 돋보이게 한다. 베스트셀러 작가에다 마법 세계의 잡지인 『주간 마녀』에서 선정한 '가장 매력적인 미소상'을 다섯 번이나 받았는데, 이 사람에게는 늘 다른 사람의 시선과 관심을 받는 일이 중요하다.

해리와 록허트 교수 둘 다 마법 세계에서 유명하지만, 두 사람이 인기와 명성에 대해 가지는 감정과 태도는 아주 다르다. 해리가 아무데서나 주목받는 것을 못 견뎌하고 되도록 사람들의 시선을 끌지 않으려고 하는 데 반해, 록허트 교수는 어디서나 과장된 행동과 말투로 사람들의 시선을 끌고 그것을 즐긴다.

질데로이 록허트 교수는 수많은 베스트셀러가 가져다준 명성 덕분에 호그와트에서 어둠의 마법 방어술 교수가 되었지만, 사실 그 모든 업적은 자신이 이루어낸 것이 아니었다. 그는 그 일을 해낸 다른 마법사들을 찾아가 그들의 모험과 활약에 대해 캐묻고, 그다음에는 마법으로 그 마법사의 기억을 없애버렸다. 그러곤 그들의 기억을 자기의 것으로 둔갑시켜 책을 써온 것이다. 그는 위험하고 훌륭한 모험을 해낸 마법사들 중에서 유난히 '추한' 외모를 가지고 있던 이들의 기억만을 빼앗았다. 다른 마법사들이 그들의 말을 별로 믿어주지 않았기 때문이다. 그들을 외모로만 판단하고, 그들의 말을 제대로 들어보지도 않은 것이다. 록허트 교수는 바로 그런 점을 이용했다. 그는 사람들에게 호감을 주는 외모로, 아름다운 것에 더 쉽게 마음을 열고 더 큰 신뢰를 부여하는 사람들의 마음을 아주 교묘하게 이용하며 살아왔던 것이다. 록허트 교수는 자신의 진실을 알아버린 세 주인공을 공격해서 기억을 없애려고 시도하지만, 튕겨나온 주문을 자기가 맞아 기억상실에 걸리고 만다. 기억 마법 하나에만 뛰어나 그것으로 가짜 명성을 쌓아온 사람의 허무한 결말이라 하겠다.

내가 하는 일, 내가 해낸 일, 나의 진실이 나의 외모에 따라 다르게 평가되거나 부당하게 폄하된다면 정말 억울할 것이다. 그런데 실제로는 그런 일이 흔하게 일어난다. 외모가 '멋진' 사람들은 그렇지 못한 사람들보다 주목과 관심, 호의와 배려를 더 쉽게 받는다. 겉으로 드러난 모습 이면에 있는 그 사람의 진실을 알려면 선입견을 거두고 찬찬히 오래 지켜보아야 한다.

해리는 그토록 주목받으면서도 자기의 인기를 더 높이려고 노력하거나 즐기지 않았다. 자신의 특별한 성장 과정이나 기억하지도 못하는 어린 시절에 해낸 일에 열광하는 사람들 앞에서 우쭐해하지도 않았다. 영웅처럼 떠받들었다가 한순간 등을 돌려버리는 허망한 대중의 관심과 인기보다 한결같은 우정과 믿음을 쌓아가는 사람들 속에서 해리는 자신이 해야 할 일에 최선을 다했다. 세상의 평판에 휩쓸리지 않고 자신을 믿고 함께해주는 사람들과 묵묵히 자신의 길을 갔던 그 한결같은 걸음이 마침내 마법 세계에 평화를 가져오는 큰일을 해낼 수 있도록 그를 지켜주었다.

남들의 평가, 인정, 관심에 매달리는 삶은 위태롭고 불안하다. 나를 잘 알고, 이해하고, 아껴주는 사람들과의 관계야말로 우리를 지켜주는 든든한 바탕이다. 스스로를 잘 이해하고 진정으로 사랑하는 사람은 어떤 고비가 와도 쉽게 흔들리지 않는다. 남들이 좋아해주는 나보다, 내가 좋아하는 나다운 사람으로 살고 싶다.

두려움을 넘어서는 법

'해리 포터'의 세계에는 신기하고 재미난 것들이 넘쳐나지만 '보가트'는 그중에서도 특별하다.

보가트는 어둡고 닫힌 곳을 좋아하는 괴물이다. 오래된 옷장이나 침대 밑, 세면기 아래, 괘종시계 같은 데 산다. 어떤 모습으로도 변할 수 있어서 보는 이가 가장 무서워하는 대상으로 나타난다.

보가트를 쫓는 방법은 아주 간단하다. 웃음소리를 내는 거다. 웃음소리가 나면 보가트는 힘을 못 쓰고 도망쳐버린다. 진짜 웃는 게 아니라 억지 웃음소리만 내도 효과가 같다는 게 중요하다. 어떤 두려운 존재를 만나도 공포에 압도당하지 않고 뭐든 웃을 수 있는 면을 상상한다면, 공포를 극복할 수 있다는 뜻이다.

마법학교 학생들은 수업 시간에 보가트 극복법을 익힌

다. 보가트를 마주했을 때 자기가 무서워하는 대상으로 변해 있으면 겁먹지 말고 재빨리 그 대상을 어떻게 우스운 모습으로 바꿀 것인지 상상하는 연습을 하는 것이다. 점점 자신감을 얻은 아이들은 한 명씩 나와 자신의 보가트와 맞선다. 거미가 너무나 무서운 론은 거미의 다리에 롤러스케이트를 달아서 미끄러지게 한다. 커다란 뱀을 피에로 인형으로 만들기도 하고, 울부짖는 귀신은 목소리를 없애서 당황하게 하기도 하고, 미라는 붕대가 풀어져 그 붕대에 다리가 엉켜 넘어지게 하면서 아이들은 각자의 두려움을 우습게 만들어 공포를 극복해나간다.

'해리 포터'의 세계를 여행하며 보가트에 대한 생각을 오랫동안 마음에서 놓을 수가 없었다. 내가 제일 무서워하는 것은 무엇일까. 보가트는 내 앞에 어떤 모습으로 나타날까. 어렸을 땐 화장실 귀신이 있을까 봐 한밤중에 오줌이 마려우면 덜덜 떨었고, 〈전설의 고향〉에서 꼬리 아홉 달린 구미호를 보고 며칠 잠을 설치기도 했지만, 지금은 그런 것쯤 우습다. 지금은 무엇이 가장 큰 공포일까…… 생각하다가 『해리 포터와 불사조 기사단』의 한 대목을 읽다가 가슴이 내려앉았다.

일곱 아이의 어머니인 위즐리 부인이 책상 밑에 있는 보가트를 없애러 갔다가 그 앞에서 울면서 무너지는 장면이었다. 보가트가 죽은 막내 아이로 변해 있던 것이다. 그다음엔 죽은 큰아이, 죽은 남편, 죽은 해리…… 보가트는 연이어 위즐리 부인이 사랑하는 사람의 시체로 나타나고, 부인은 그 앞에서 공포와 슬픔에 질려 속수무책으로 쓰러지고 만다. 그 순간 깨달았다. 나의 보가트가 어떤 모습일지……

사랑하는 아이들이나 남편에게 끔찍한 일이 생기는 것은 상상만으로도 나를 숨막히게 한다.

보가트 장면을 보면서 열한 살 막내한테 물어봤다. 너의 보가트는 어떤 모습일 것 같은지…… 아이는 유령이라고 대답하면서 유령을 하얀 비닐봉지로 만들어 물리칠 거라고 하더니, 조금 있다가 진짜 마음을 알려주었다.

엄마, 저는 보가트가 시계일 것 같아요.

시계? 왜?

……시간이 흐르면 결국 엄마는 죽을 테니까요……

순간 무슨 말을 해주어야 할지 머릿속이 하얘졌다. 어떤 말로 막내딸의 공포를 웃어넘기게 할 수 있을지 막막했다. 아이의 보가트는 사실 내게도 가장 두려운 것이다. 사랑하는 이 아이들을 충분히 보살펴주지 못하고 죽게 될까 봐, 아이들이 성장하는 모습을 다 보지 못하고 떠나게 될까 봐, 늦게 엄마가 되고 보니 마음 한구석에서 늘 그런 걱정이 떠나지 않는다. 아이의 말을 들으면서 마음속에 도사리던 두려움이 툭 하고 튀어나와 마음이 무너져내렸다.

아이의 보가트를 어떻게 물리칠 수 있는지 모르겠다. 다만 나는 아직 건강하고 운동도 열심히 하니까 아무리 보가트가 겁을 줘도 오래 살아서, 막내가 어른이 되고, 가정을 이루고, 언젠가 원한다면 엄마가 되는 순간에도 곁에 있어 주겠다고, 그렇게 안심시킬 뿐이다.

보가트가 죽음일 경우, 그것을 완전히 물리칠 수는 없다. 그럴 땐 곁에 있는 누군가가 재빨리 좀 더 가벼운 두려움으로 바꿔주는 게 좋겠다.

보가트 이야기의 핵심은 두려움에 압도당할 때, 그 두려움을 조금이라도 웃을 수 있는 것으로 만들어본다는 것에 있다. 힘든 일을 겪거나 두려운 무엇을 마주하게 될 때 유머를 발휘한다면 조금은 가볍게 넘어갈 수 있을 것이다.

외국 영화를 보면 전혀 웃음이 나올 수 없는 긴박하고 처참한 상황에서도 종종 유머가 발휘된다. 그들은 아는 거다. 가장 힘들 때야말로 진정 웃음이 필요하다는 것을…… 웃을 수 있는 능력은 아주 큰 힘이다. 가짜로 웃을 때라도 인간의 뇌는 그것을 진짜 웃음으로 해석한다. 억지로라도 웃는 시늉을 하다 보면, 몸의 많은 부분이 유연해지면서 눈앞에 닥친 상황을 헤쳐나갈 새로운 시각과 마음을 얻을 수 있다.

그러니까 애를 써서라도, 어렵더라도, 도저히 웃음이 나오지 않는 상황에서도 최선을 다해 웃으면서 살고 싶다. 내 앞을 가로막는 거대하고 막막한 일 앞에서 실컷 한번 웃어주고 나면, 긴장과 두려움으로 꽉 차 있던 몸과 마음이 스르륵 풀리면서 새로운 힘을 낼 수 있다.

어떤 상황에서도 웃을 수 있는 힘, 웃음을 찾아내는 힘. 살아가는 내내 잊지 않으려고 한다. 그것이야말로 우리를 진짜 강한 사람으로 만들어주는 놀라운 마법이니까.

행복을 행복이라고 불러주기

'해리 포터' 시리즈에 등장하는 모든 무섭고 사악한 것 중에 제일 두렵고 끔찍한 것을 꼽으라면 단연 '디멘터'다. 디멘터는 범죄를 저지른 마법사들이 가는 감옥인 '아즈카반'을 지키는 간수다. 검은 두건을 쓰고 허공에 둥둥 떠다니는, 물속에서 썩어 문드러진 것 같은 손가락에 구멍만 뚫린 어두운 눈과 입을 가진 괴물이다. 디멘터가 무서운 이유는 사람들에게서 행복하고 기쁘고 좋은 감정들을 모두 빨아들이기 때문이다. 디멘터가 나타나면 주위가 싸늘하게 얼어붙고 행복한 감정은 다 사라지며 다시는 행복해질 수 없을 것 같은 기분이 든다. 어떤 행복한 기억도, 추억도, 감정도, 희망도 없는 상태는 어쩌면 죽는 것보다 더 괴롭지 않을까. 디멘터는 상대를 그렇게 만든다. 그런 디멘터가 지키는 감옥이기 때문에 아즈카반에서는 사람들을 가두어둘 필요가 없다.

좋은 감정과 기억을 남김없이 잃은 사람들은 곧 미치거나, 살려는 의지를 모두 잃고 죽은 것과 다름없는 상태가 되어 버리기 때문이다.

해리는 누구보다 고통스러운 경험이 많기 때문에 디멘터 앞에서 더 쉽게 무너지고 만다. 이런 디멘터를 물리치기 위해 해리는 '패트로누스 마법'을 배운다. 패트로누스는 일종의 선한 힘의 집합체와 같다. 디멘터가 흡수해버리는 희망, 행복, 살고자 하는 욕구 같은 것들이 합쳐진 패트로누스는 흔히 동물의 모양을 하고 나타나는데, 패트로누스를 불러내기 위해서는 정말 뼛속까지 강렬하게 행복했던 기억을 떠올려야 한다. 그 상태로 '엑스펙토 패트로눔'이라는 주문을 외우면 환한 빛을 띠는 패트로누스가 마법사의 지팡이 끝에서 튀어나와 디멘터를 향해 퍼져간다. 강렬한 패트로누스 앞에서는 디멘터도 힘없이 사라져버린다.

작가 조앤 롤링은 책을 쓰기 전, 어머니가 세상을 떠나면서 깊은 우울증에 빠진다. 디멘터는 작가를 괴롭히던 우울증의 다른 이름이다. 깊은 우울에 빠지면 삶의 에너지를 모두 잃고 한없는 슬픔과 비탄, 절망과 두려움에 사로잡힌다. 이 우울증이라는 디멘터 앞에 많은 사람이 속절없이 무너진

다. 약물이나 술, 쇼핑이나 음식에 중독되면서 자신을 망치기도 하고, 더 견디지 못해 스스로 생을 마감하기도 한다.

젊은 시절, 나도 한 번씩 그런 감정에 사로잡혔다. 미래에 대한 불안, 현실에 대한 막막함, 안 풀리는 관계에 대한 불안함 등이 커지면 주변의 공기가 조금씩 사라지는 것처럼 가슴이 답답해지면서 숨쉬기가 어려워졌다. 살아갈 자신이 없어지고, 절대로 행복해지지 못할 것 같고, 끝없는 무기력과 두려움이 나를 통째로 사로잡아 옴짝달싹 못 하던 순간들. 돌아보기도 싫을 만큼 무섭고 끔찍했다. 그런 감정들, 그런 순간들을 어떻게 지나왔을까.

그 시절 내게는 늘 내 얘기를 들어주던 큰언니와 일기장이 있었다. 언니에게 전화를 걸어 한바탕 하소연을 하며 울거나 그 기분을 일기장에 적고 또 적었다. 마음속의 감정을 글이나 말로 표현할 수 있는 한 견딜 수 있었다. 이렇게 부족하고 모자란 사람이라도 언젠가는 내게 모든 것을 기댈 아이들이 생기리라는 희망도 있었다. 언제 만나게 될지도 모르면서 늘 언젠가 반드시 내 아이들을 만나리라는 믿음이 있었다. 그게 나를 다시 붙들어주곤 했다. 아이들은 모른다. 자신들이 태어나기 오래전부터 나를 다시 살게 하는 존재들이었다는 것을. 조앤 롤링도 힘겨운 시간을 견디며 결국 우울증을 극복해냈고, '해리 포터'라는 멋진 세계를 선물해준 작가가 되었다. 시련을 겪고 일어났기에, 글 속에 상실의 고통과 그 고통을 극복하며 더욱 강해지고 깊어지는 인간의 영혼을 담을 수 있었을 것이다.

떠올리기만 해도 온몸이 막 따스해지고 든든해지고 행복해지는 그런 기억들이 있는지, 갑자기 이런 질문을 받으면 바로 대답하기가 어렵다. 평소에는 잘 생각해보지 않고 살기 때문이리라. 그러다가 큰일이 닥치면서 일상이 흔들리고 정말 소중한 것을 잃게 되면, 그제야 아무렇지 않게 누리던 것들이 얼마나 큰 행복이었는지 깨닫곤 한다. 잃고 나서야 알게 된다는 것은 너무 슬프다. 그러니까 '아, 정말 좋다. 행복해……'라고 느끼는 순간의 감정과 느낌을 잘 붙잡아야 한다. 감정과 느낌을 잘 붙잡아둔다는 것은 '이건 정말 멋지구나, 좋구나' 하면서 그 감정에 이름을 붙여서 자신에게 들려주는 것이다. 사진을 찍고 글로 기록을 해도 좋다. 그렇게 하면 그 순간의 감정과 느낌이 내 마음과 몸에 뚜렷하게 새겨진다.

많은 돈을 벌거나 큰 소원이 이루어지는 정도의 일이 일어나야 뼛속까지 행복하다고 생각할지 모른다. 그렇지만 살다 보면 그런 순간이 그렇게 자주 오지 않는다는 것을 깨닫게 된다. 오히려 작고 가볍게 스쳐지나가는 것들에 행복이 더 많다. 어마어마한 강렬함에만 행복이라고 이름을 붙인다면 우리가 느낄 수 있는 행복이 너무 적어지지 않을까. 행복을 느끼는 일에도 연습이 필요하다. 사소하게 스쳐가는 작은 행복을 붙잡는 연습을 하다 보면 얼마나 많은 것이 행복을 주는지 새삼 깨닫고 깜짝 놀랄게 될 것이다. 오래 비 내리다 그치고 햇빛이 맑게 비칠 때 얼마나 기분이 좋은지 모른다. 죽었다고 생각했던 나무에서 새잎이 돋은 것을 발견하면 온몸이 떨릴 정도로 경이롭다. 아픈 이마를 엄마가 서늘한 손으로 짚어줄 때, 좋아하는 사람이 나를 위해 뭔가를 애써줄 때, 힘든 일 잘 끝내고 좋아하는 음식을 먹을 때, 아끼는 친구가 사탕 하나 건네줄 때도 우리 마음은 행복으로 가득 찬다.

그 기억에 이름표를 붙여서 잘 저장하고 수시로 꺼내어 다시 그 순간의 기쁨을 느껴보는 거다. 그러면 그 기억은 언제든 불러낼 수 있는 내 힘이 된다. 그런 기억이 내 안에 차곡차곡 쌓여서 언제건 그때의 기분과 감정을 불러낼 수 있다면 디멘터를 마주친다 해도 이겨낼 수 있다. 그런 기억 모두가 나를 지키는 수호신이 되어 환한 빛으로 뿜어져나올 테니 말이다.

뼛속까지 행복했던 기억들을 떠올려본다.

오래 기다리던 세 아이를 만나던 각각의 순간을 잊을 수 없다. 첫아이가 내게 눈을 맞췄을 때, 처음으로 뒤집고, 첫걸음을 떼던 순간의 벅찬 감격과 행복은 지금도 고스란히 남아 있다. 큰딸을 처음으로 안았을 때, 그 아이가 자라서 내 손을 잡아주었을 때를 떠올리면 마음이 따뜻해진다. 막내를 안고 춤을 출 때나 가족 모두 함께 깔깔 웃을 때, 남편과 손잡고 걸을 때, 꼭 껴안고 잘 때, 하늘이 한없이 고울 때, 겨울 지나고 다시 봄이 왔다는 것을 느낄 때, 뼛속까지 행복하다.

겨울밤에 온 가족이 '해리 포터' 영화를 볼 때, 차를 타고 터널을 지날 때마다 아이들과 입을 모아 '엑스펙토 패트로눔'을 외칠 때면 슬며시 다가오려던 모든 불행을 저 멀리 쫓아버린 것같이 신나고 즐거워진다.

행복한 기억이 많은 사람이 진짜 부자다. 그건 누구도 빼앗아갈 수 없는 나의 것이다.

행복을 자주, 많이, 아무렇지 않게 느낄 수 있는 사람이야말로 누구보다 강한 사람이다.

행복을 행복이라고 알아챌 수 있는 마음, 즐겁고 기쁜 것을 표현할 수 있는 말들, 내 행복을 나누며 그의 행복을 일깨워주는 지혜. 이런 것들에 열심히 마음을 내고 싶다.

좋은 질문의 힘

"사라진 물건들은 어디로 가지?"

"어느 것이 먼저일까, 불사조? 아니면 불꽃?"

호그와트 마법학교에는 네 개의 기숙사가 있다. 그리핀도르는 용기를 가장 중요하게 여기고 레번클로는 지혜로운 학생을 원한다. 슬리데린은 부모가 모두 마법사인 순수혈통 학생들만 받아들이지만 후플푸프는 마법을 배우고자 하는 학생 모두에게 열려 있다. '해리 포터' 시리즈의 세 주인공 모두 그곳에 속해 있다는 이유로 그리핀도르가 가장 큰 주목을 받지만, 나는 늘 레번클로 기숙사에 끌렸다.

레번클로 기숙사 안으로 들어가기 위해서는 독특한 출입 방식을 통과해야 한다. 암호를 대야 하는 다른 기숙사와 달리 그곳에선 질문을 받는다. 기숙사 문을 두드리면 문에 달린 독수리가 부리를 활짝 열고 노래하듯 질문을 던진다. 질문에 걸맞은 대답을 해야 문이 열린다. 학생이든 교수든 반드시 이 통과의례를 거쳐야 한다.

호그와트의 교감 맥고나걸 교수가 문 앞에 섰을 때, 독수리는 "사라진 물건들은 어디로 가지?"라고 묻는다. 맥고나걸이 "비존재로, 다시 말해 만물로"라고 대답하자 훌륭한 표현이라며 문을 열어준다. 모든 것은 시간이 지나면 결국 사라진다. 그러면 완전히 없어지는 것일까? 아니다. 흙으로, 티끌로, 공기로 모습을 바꾸며 만물의 일부가 된다. 맥고나걸의 대답은 존재의 근원을 말하고 있다.

해리의 동급생인 루나는 "어느 것이 먼저일까, 불사조? 아니면 불꽃?"이라는 질문을 받는다. 우리 식으로 풀자면 '알이 먼저인가, 닭이 먼저인가'를 묻는 것이겠다. 루나는 "원에는 시작이 없다는 것과 같다"라고 답한다. 그러자 마법의 문은 "설득력 있군"이라고 만족해하며 문을 열어준다. 처음과 끝이 없는 원처럼, 출발점도 완결점도 없는 뫼비우스의 띠처럼, 불사조의 삶도 결국은 영원히 순환하는 영속성에 대한 은유일 뿐이다. 루나의 대답에는 그런 진리가 담겨 있다.

이처럼 레번클로 기숙사의 마법의 문이 던지는 질문은

정해진 답이 있다기보다 질문을 한 상대를 설득해낼 수 있느냐가 중요하다. 상대를 설득하지 못하거나 엉뚱한 대답을 하면 다른 누군가가 와서 현명한 대답을 할 때까지 기다려야 한다.

레번클로는 가장 똑똑하고 지적인 학생들을 원하지만, 지금 현재 그런 수준인 학생들뿐 아니라 생각하고, 고민하고, 늘 새로운 것을 배우려고 하는 자세와 마음이 있는 학생들을 바란다. 그런 학생들로 키우기 위해서 레번클로는 질문을 한다. 이것이 레번클로 기숙사의 핵심이다.

하루에도 여러 번 수시로 드나드는 기숙사 문 앞에서 학생들은 고민을 한다. 질문의 답을 혼자서 찾을 수 없으면 친구와 토론을 한다. 둘이서 안 되면 더 여러 명이 모여 치열하게 각자의 생각들을 펼친다. 그렇게 모아진 답으로 질문에 맞선다. 레번클로의 아이들은 그런 식으로 배워가는 것이다. 이런 과정을 입학에서 졸업까지 무려 7년이나 반복한다. 열한 살에서 열일곱 살까지는 육체적으로나 정신적으로나 한 사람의 인생에서 가장 극적인 성장이 이루어지는 시기다. 이런 시기를 좋은 질문과 함께 보내는 아이들이라면 미래를 염려할 필요가 없을 것이다. 인생의 수많은 질문 앞에서 이 아이들은 누구보다 진지하고 열정적으로 가장 올바른 답을 찾기 위해 노력하는 자세가 이미 몸과 마음에 깊이 새겨져 있을 테니.

열한 살에서 열일곱 살, 이 시기의 아이들이 제일 많이 받는 질문은 무엇일까.

학원 갔다 왔니? 밥 먹었어? 숙제는 했고? 시험 잘 봤니? 성적표 나왔어?

우리는 흔히 아이들에게 하는 '확인'을 '질문'으로 착각한다. 그러나 이런 질문은 아이들의 일상과 의무(라고 어른들이 생각하는 바)에 대한 확인일 뿐이다. '아니'라고 대답하면 추궁과 질책을 늘어놓는다. 제대로 된 문답이 아니다. 학교와 학원으로 이어지는 고단한 일과를 마치고 늦은 시간 집에 왔는데, 이런저런 식의 확인부터 받아야 한다면 얼마나 고단할까. 대답하는 아이와 질문하는 어른, 누구도 자라지 못한다.

깊이 있는 질문을 받고 그에 맞는 대답을 고민하면, 지식은 더욱 깊어지고 새로운 것을 배우려는 마음도 커질 것이다. 생각에 생각을 거듭하면서 지혜로운 아이로 자라게 될 것이다. 정말 중요한 순간에 레번클로 기숙사생 루나가 보여준 재치와 지혜는 이런 시간이 빚어낸 것이다. 질문은 현재의 나를 드러낸다. 질문에 대한 답을 찾아가면서 내 안에 있는 것과 없는 것, 엉성한 것과 허술한 것, 더 채워야 할 것들을 깨닫게 된다. 좋은 질문은 우리를 더 깊어지게 하고 더 나아가게 한다.

레번클로의 아이들이 이렇게 자라는 동안 우리 아이들은 정답 찾기에 가장 많은 시간을 쏟는다. 더 많은 문제를 풀고, 문제 유형을 익히고, 그 문제에 맞는 정답을 찾는 일에 매달린다. 정답은 언제나 하나뿐이다. 정해져 있는 답을 찾지 못하면 실패자가 된다. 그렇게 자란 아이들은 시험 문제는 잘 풀지만 정작 자기 인생의 문제에는 무력한 경우가 많다. 인생에는 정답이 없기 때문이다. 각자에게 맞는 좋은 답만 있을 뿐.

좋은 답을 찾으려면 먼저 좋은 질문을 받아야 한다. 아이의 마음을 묻는 질문, 우리가 사는 세상에서 일어나는 수많은 일에 대한 질문, 아이 자신과 주변 사람들을 더 잘 이해할 수 있게 하는 질문, 세상의 많은 일이 나와 어떻게 연결되어 있고 내 생각과 행동은 세상에 어떤 영향을 줄 수 있는지를 묻는 질문들이야말로 아이도 나도 자라게 한다.

어른은 배움이 끝난 사람들이 아니다. 부모가 되었다는 것은 아이를 키우면서 자신도 더 키우겠다고 선택한 것과 같다. 자신의 배움도 돌보지 못하면서 아이 성적에만 매달린다면 성적은 올릴 수 있어도 제 삶을 살아가야 할 아이의 힘을 올바로 키워주기는 어려울 것이다.

좋은 질문을 던지는 어른이 되고 싶다. 아이도 크고 나도 더 크게 하는 그런 질문을. 매일, 매 순간 레번클로 기숙사의 문 앞에 서 있다고 생각하고 내게 올 질문을 가늠하면서, 살아온 모든 삶을 바탕으로 그 질문에 답하고 싶다.

이 순간이 마지막이라면

성수대교가 붕괴되었을 때 내 친구는 다리가 무너지기 직전 그 다리를 지나간 버스에 타고 있었다. 죽음은 그렇게 간발의 차이로 그 친구를 비껴갔다. 삶 속에 늘 닿아 있는 죽음의 존재를 그때만큼 생생하게 느낀 적이 없었다. 살고 죽는 일이 이렇게나 한순간일 수 있구나. 그런데도 우리는 늘 그 사실을 잊고 살아간다. 언제나 기회가 또 있을 거라고 믿고 싶어한다. 그러다가 별안간 소중한 사람을 잃고 나서야 가슴을 치며 후회한다. 그 말을 하지 않았다면, 그 말을 들려주었다면…… 후회는 언제나 너무 늦고 아픔과 상처는 깊게 남는다.

호그와트 4학년 때 해리와 헤르미온은 론 형제들과 퀴디치 월드컵을 보러 떠난다. 경기장으로 출발하려는 순간 론의 쌍둥이 형들은 몰래 가지고 가려던 마법 장난감들을 어머니인 위즐리 부인한테 걸린다. 여섯 달이나 걸려 만든 엉뚱하고 기발한 발명품이지만 어머니에게는 쓸모없는 물건일 뿐이다. 위즐리 부인은 시험에서 형편없는 성적을 거둔 것이 바로 이것들 때문이라고 펄펄 뛴다. 야심차게 개발한 마법 과자들을 퀴디치 월드컵에 가져가 팔려고 했던 쌍둥이는 과자를 몽땅 뺏기고 야단까지 맞게 되자 심통이 단단히 나서 인사도 없이 그대로 나가버린다.

그런데 퀴디치 월드컵에서 큰 사건이 벌어진다. 아일랜드 팀이 우승을 해서 축제가 벌어진 다음날, 죽음을 먹는 자들이 나타나 퀴디치 월드컵 경기장 주변을 공포와 혼란 속에 빠뜨린 것이다. 위즐리 씨가 아이들을 데리고 간신히 그 상황에서 빠져나와 황급히 집으로 돌아오자 위즐리 부인이 허겁지겁 달려나온다. 마법사들의 신문인 예언자 일보를 통해 퀴디치 월드컵 경기장에서 끔찍한 사건이 벌어졌다는 소식을 들은 위즐리 부인은 남편과 아이들 걱정으로 밤새 뜬눈으로 지새웠던 것이다. 그러면서 조지와 프레드를 숨막히도록 껴안는다. 쌍둥이 형제는 당황해서 버둥거리지만 위즐리 부인은 놓아주지 않는다.

너희가 떠나기 전에 내가 소리를 질렀지? 나는 지난밤을

뜬눈으로 지새우면서 그 생각만 했단다. 만약 너희들이 그 사람에게 잡혔다면…… 내가 너희에게 마지막으로 한 말이 고작 시험 점수 잘 받지 못했다고 야단친 거라면…… 오, 얘들아 — 그러면서 펑펑 눈물을 흘린다.

위즐리 부인은 밤새 후회하고 또 후회했다. 만약 그 아침이 아이들을 볼 수 있는 마지막 시간이었다면 쌍둥이 형제의 말썽 따윈 중요하지도 않았을 것이다. 시험 점수가 다 뭐란 말인가. 그저 할 수 있는 모든 축복을, 표현할 수 있는 모든 사랑을 전하는 데도 시간이 모자랐으리라.

살다 보면 이런 일이 정말 일어난다. 별것도 아닌 일로 야단을 치고, 타박을 하고, 화를 내고, 싸운 것이 그 사람과 삶에서 마지막이 되는 일 말이다. 우리를 둘러싼 재난과 사고는 예고가 없다. 그야말로 날벼락같이 덮쳐서 삶의 모든 것을 다 무너뜨려버린다.

그럴 때 사랑하는 남편, 아이들과의 마지막 기억이 사소한 일로 짜증 부리고, 소리치며 혼내고, 싸우고, 외면한 것이었다면 남겨진 가족의 마음은 지울 수 없는 후회와 고통으로 부서지고 말 것이다.

물론 매 순간 언제 일어날지 모르는 불행과 재난을 생각하며 지낼 수는 없다. 가족이라 하더라도 누구나 화날 때가 있고, 싸우는 일도 생긴다. 그게 꼭 나쁜 것만도 아니다.

다만 나는 가족 중 누군가가 집을 나설 때, 멀리 떠날 때는 독하고 차가운 말들로 마음을 얼어붙게 하지 않으려고 애쓴다. 가족이라는 울타리를 벗어나 세상에 나갈 때만큼은 사랑과 응원, 따듯한 마음들이 기다리고 있다는 믿음의 외투를 입혀서 내보내고 싶다. 그래야 세상에 나가 수없이 많은 찬바람과 어려움을 맞닥뜨려도 잘 이겨내고 다시 돌아올 수 있을 테니.

하루의 분노는 잠들기 전에 꼭 풀 것, 집을 나서는 가족에겐 화를 내지 말 것. 이 두 가지는 꼭 지키려고 노력한다.

슬프고, 억울하고, 분하고, 속상한 마음으로 잠을 청하면 하루종일 고단하게 애쓴 몸과 마음이 잠 속에서조차 편하게 풀어지지 않는다. 그러면 일어날 때도 힘들고 다시 하루를 살아가기에도 벅차다. 그리고 밖에 나가는 가족에게 떠나는 순간까지 소리를 지르거나 화를 낸다면, 그는 마치 추운 겨울날 얇은 옷 하나 걸치고 나가는 마음일 것이다. 마음이 추우면 어느 곳에서도 나 자신을 온전하게 펼치기 어렵다.

그래서 다툼도 응어리도 그때그때 풀어버리려고 노력한

다. 잘 안 되더라도 사랑하는 사람이 집을 나설 때는 미운 마음을 조금 내려놓고 그래도 잘 다녀오라고 기원해주는 거다. 쉽지 않은 날도 있지만 그럴 땐 이 순간이 마지막이라고 생각해본다. 이 사람에게 기억될 내 마지막 모습이, 내 마지막 말이 이대로라도 괜찮을까 생각하면 사과하지 못할 일도, 풀지 못할 마음도 없다.

위즐리 부인의 후회는 나도 자주 겪는 일이다. 큰아이가 어릴 때는 나도 서툰 엄마라 무던히도 싸웠다. 아이가 거칠게 현관문을 닫으며 나가버리면 나도 아이 등에 대고 소리를 질러댔다. 미숙한 나 자신에 대한 실망, 화를 내고 가버린 아이에 대한 원망, 그리고 걱정, 후회…… 아이가 돌아올 때까지 가시방석에 앉은 것같이 마음이 힘들었다.

지금은 훌쩍 커서 학교 기숙사에서 지내는 아이와 주말을 함께 보내고 지하철역에서 배웅할 때마다 하는 일이 있다. 손 한번 따듯하게 잡아주면서 "사랑해" 하고 말하는 것이다. 그리고 집까지 아이의 대답을 소중하게 안고 온다. 저도요, 저도 사랑해요. 아이의 마음에도 내가 들려준 말들이 메아리치고 있을 거라 믿으면 다시 만날 때까지 마음도 뿌듯하다.

모질고 독한 말이 우리를 채찍질하고 강하게 할 수도 있지만 결국 진정으로 기댈 수 있는 것은 따스한 마음뿐이다. 어른도 아이도 결국 그런 마음에 의지하며 힘을 얻어 살아간다.

오늘 집을 나서는 남편에게, 아이들에게 어떤 옷을 입혀 준 걸까. 사랑, 격려, 응원, 염려라는 따스한 외투를 입혀주었는지, 또 하루 힘내서 살아갈 수 있는 든든한 마음을 입혀 보냈는지 매일 생각한다. 이 순간이 마지막이라 해도 괜찮을 따뜻한 말 한마디를 선물하고 싶다. 후회를 남기지 않고 사는 비결이다.

오늘을
살아갈 뿐

호그와트 마법학교에는 '소망의 거울'이라는 신비한 물건이 있다. 해리가 오래된 빈 교실에서 찾아낸 커다란 거울이다. 호그와트의 모든 물건이 다 그렇듯 이 거울도 보통 거울과는 다르다. 소망의 거울은 실제 모습이 아닌 마음속 욕망을 보여준다.

외모가 마음에 안 들어 늘 아름다운 얼굴을 소망하는 사람이 있다면, 소망의 거울 앞에서 그는 자신의 빛나는 외모를 보게 될 것이다. 늙어가는 모습이 고통스러운 사람은 다시 젊어진 자신을 보게 되고, 권력을 바라는 사람은 높은 자리에 올라 있는 자신과 그 곁에서 쩔쩔매는 사람들을 보게 되리라.

시상대 제일 높은 곳에서 금메달을 들어 보이는 운동선수, 원하던 대학 합격증을 들고 있는 수험생, 잔액이 어마어마한 통장을 확인하는 직장인, 입이 떡 벌어지는 멋진 집 안을 둘러보며 인형처럼 예쁜 아이를 품에 안고 있는 신혼부부 등 소망의 거울은 지금 내가 가장 열망하는 내 모습, 마음 깊숙이 자리잡고 있는 욕망들을 드러내 보여준다.

해리는 소망의 거울 속에서 부모님과 함께 있는 자신의 모습을 본다. 사랑스럽게 자신을 바라보며 미소 짓는 엄마 아빠와 그 사이에서 행복하게 웃고 있는 자신의 모습을. 해리는 한 살 때 부모님을 잃었다. 부모님이 공부했던 호그와트에 입학하면서, 해리는 엄마 아빠가 더 궁금해지고 그리워진다.

한 번이라도 만날 수 있다면, 지금 내 곁에 있다면…… 그것이 실제가 아니라는 것을 알면서도 해리는 거울 앞을 도저히 떠날 수가 없다. 하염없이 앉아서 거울 속 장면에 넋을 잃는다.

그러나 소망의 거울은 마음속 욕망을 보여줄 뿐, 지식이나 진실은 보여주지 않는다. 사람들은 이 거울이 보여주는 것이 진짜인지, 그렇게 되는 것이 가능한지 알지 못한 채 자신들이 본 것에 넋을 잃고 그 거울 앞에서 헛된 시간을 보낸다.

현재의 모습이 아니란 걸 알면서도 간절하게 바라는 대로 이루어진 모습을 보는 것이 얼마나 강렬한 기쁨인지, 어

떤 사람은 그 앞을 떠나지 못한 채 하염없이 앉아 있다가 미쳐버리기도 한다. 지금의 삶에 만족하지 못할수록, 자신이 바라는 것과 현실의 격차가 클수록 소망의 거울이 보여주는 모습에서 빠져나오기 어렵다. 언제 이루어질지, 정말 이루어질 수 있을지조차 알 수 없는데 거울 속에서 그토록 바라던 자신의 모습을 보게 된다면 누군들 의연하게 그 앞에서 돌아설 수 있을까.

세상에서 가장 행복한 사람은 소망의 거울을 보통 거울처럼 사용할 수 있다. 그런 사람은 언제나 소망의 거울에서 정확한 현재의 자기 모습을 본다.

우리는 소망의 거울에서 어떤 모습을 보게 될까? 방탄소년단의 열렬한 팬인 두 딸은 단연코 방탄소년단과 함께 있는 모습이라고 말한다. 소망의 거울에서 그런 모습을 보게 된다면 딸들도 그 앞에서 한없이 앉아 있으리라.

그렇다면 지금 내 마음속에 있는 욕망들은 뭘까? 혹 아닌 척하고 있는 모습들이 그대로 다 드러나는 것은 아닐까? '명문대'를 졸업한 세 아이와 함께 있다든가, 더 크고 좋은 집에 살고 있다거나, 유명 작가가 되어 전국을 돌며 사인회를 하고 있다거나…… 어떤 모습은 상상만으로도 낯 뜨겁고, 부끄럽다. 그래서 나는 소망의 거울 같은 것은 보고 싶지 않다. 아직 오지 않은 것들, 과연 올 수 있을지 알 수 없는 것들, 아무리 애써도 결코 올 수 없는 것들에 사로잡히고 싶지 않기 때문이다. 나이 들고 주름이 늘고 애를 써도 군살을 어쩌지 못하는 것이 속상할 때도 있고, 날씬하고 멋진 몸매를 가진 사람을 보면 부럽기도 하고, 몇 문장으로도 사람 마음을 훅 흔들어놓는 멋진 글을 만날 때마다 내 무딘 글재주가 아쉽기는 하지만, 그때뿐이다. 부질없는 욕심에 지금을 낭비하고 싶지 않다. 다만 내가 사랑하는 사람들과 같이 있는 오늘을 즐겁게 잘 살아내는 일, 그 일만으로도 바쁘고 벅차다.

바라는 것, 이루고 싶은 모습, 되돌리고 싶은 순간들이 없는 사람은 없을 게다. 하지만 아직 오지 않은 모습, 절대 다시 오게 할 수 없는 순간들에 빠져서 현재에 충실하지 못한다면 그것만큼 어리석은 일이 또 있을까.

지혜로운 해리는 결국 소망의 거울 앞을 떠난다. 돌아가신 부모님의 모습을 마음속에 깊이 담고, 모습은 보이지 않아도 제 안에 늘 함께 있다는 것을 믿으며 해리는 오늘을 사는 일에 집중한다.

과거는 지나갔고 미래는 아직 오지 않았다. 우리는 매일

매일 오늘만 살아갈 뿐이다. 잘 살아낸 하루하루가 쌓인다면 그런 날들이 데려갈 미래를 염려할 필요가 없다.

오늘, 지금, 여기가 가장 소중하다.

가만히 있지 않는 아이들

해리, 론, 헤르미온은 어른들의 입장에서 보면 매우 위험한 아이들이다. 이들은 닥쳐오는 위험과 위기를 '감히' 스스로 해결하려 한다. 어른들에게 의지하고, 어른들 뒤에 안전하게 숨고, 어른들이 나서서 해결해줄 때까지 기다리지 않는다. 어른 말을 다 믿지도 않는다. 심지어 지시를 거부하기도 한다. 스스로 자료와 단서를 찾고 추리하고 토론하며 행동에 뛰어든다. 어떤 상황에서도 그들은 결코 가만히 있지 않는다.

마법 세계에는 늘 예상하지 못한 일들이 일어난다. 세상에서 제일 안전한 곳이라고 알려진 마법학교 지하실에 3미터 크기의 괴물 트롤이 나타나고, 아무도 그 존재를 몰랐던 비밀의 방이 열려 무시무시한 뱀이 나오고, 위험한 탈옥수가 침입하고, 친구들이 감쪽같이 실종되기도 한다.

그런 일들이 일어날 때마다 교사들은 학생들에게 정확한 사실들을 제대로 알려주지 않는다. 학생들을 피신시키고 보호하려는 일에만 급급하다. 어린 학생들이 필요 이상으로 겁을 먹을 수 있으니 괜히 불안하게 할 필요가 없다는 것이다. 학생들은 이런 일을 해결할 능력도 이해할 능력도 없으므로 어른이 다 처리한 후 알려주면 된다고 생각한다. 때로는 사건이 다 끝난 후에도 그 사건의 모든 진실을 감추기도 한다.

주인공들은 이런 현실에 분개한다. 어른들이 닥쳐오는 위험을 모두 막아주지도 못하면서 학생들 스스로 자신들을 지킬 기회를 막는 것은 옳지 않다고 여긴다. 사실을 있는 그대로 알려주고 학생들이 스스로를 더 잘 지킬 수 있는 방법들을 찾도록 해야 한다고 생각하는 것이다. 이런 주장들이 벽에 부딪치면 이 아이들은 자기들끼리 방법을 찾기 시작한다. 학교에 떠도는 소문을 귀기울여 듣고, 찾을 수 있는 모든 자료들을 찾아내어 진실을 밝히기 위한 모험에 뛰어든다. 이때 각자가 쌓아온 모든 지식과 지혜를 다 동원한다. 해리는 단서를 찾고, 헤르미온은 그 단서를 해석하고, 론은 함께 행동에 나선다. 이 과정에서 수없이 닥치는 위험은 기꺼이 감수한다.

세 주인공이 속해 있는 기숙사 그리핀도르는 용기를 가장 중요하게 여긴다. 용기에는 여러 가지가 있지만 그리핀도르 삼총사는 무엇보다도 옳지 않은 일에 저항하는 용기, 소중한 사람들을 지키기 위해 직접 행동에 나서는 용기, 어른들의 잘못을 지적하는 용기, 위험한 상황을 마주하고 감당하는 용기가 탁월하다. 이런 용기와 지혜의 힘으로 삼총사는 지하실의 괴물을 물리치고, 비밀의 방을 찾아 실종되었던 동생을 구해내고, 아즈카반에서 탈옥한 죄수의 진실을 밝혀낸다.

마법 세계에 위험이 드리워지며 학교가 감시와 통제에 놓이자 이들은 교칙에 저항하며 학생 비밀결사를 조직한다. 교사들은 들키면 보복이 있을 것이니 가만히 기다리라고 말하지만, 학생들은 기어이 비밀결사를 만들어 서로 마법을 가르치고 배우며 힘을 키우는 훈련을 한다. 볼드모트가 모든 것을 다 장악한 세상에서도 세 주인공은 목숨을 건 도피를 이어가며 볼드모트를 물리칠 단서를 구하기 위해 최선을 다한다. 해리와 함께 비밀결사에 참여했던 학생 중 학교에 남은 아이들은 할 수 있는 모든 저항을 다 하며 견디고, 피신해 있는 학생들은 비밀 방송국을 만들어 도피 중인 세 아이를 응원할 뿐 아니라 자신들의 저항을 계속 알리면서 서로의 용기를 격려하는 용감한 활동을 이어간다. 어떤 상황에서도 어른들에게 모든 것을 맡겨놓거나 어른들의 지시만 따르지는 않았다. 그렇게 스스로 생각하고 판단하고 조직하고 행동해서 끝내 볼드모트를 물리치고 마법 세계를 구한다. 마법 세계의 평화를 다시 가져온 것은 '가만히 있지 않은 아이들의 힘'이었다.

세상일에 관심 많고 적극적으로 묻거나 배우고 싶어하는 아이들을 어른들은 흔히 색안경을 끼고 본다. 직접 목소리를 내고 행동으로 나서는 아이들의 배경과 의도를 의심하기도 한다. 학생들이 그런 일에 나서는 것은 옳지 않다는 생각, 그저 공부나 열심히 하면 된다는 생각은 여전히 학생들을 미숙하고 부족한 존재로 여기는 시각이다. 그러나 우리 역사만 봐도 일제강점기, 한국전쟁, 독재 정권 아래에서 저항의 최전선에는 항상 학생들이 있었다. 그들은 언제나 옳지 않은 권력에 반기를 들었고, 적극적으로 목소리를 내며 행동했다. 배운 대로 정의를 실현시키는 데 앞장섰다.

정치란 국회에서 일부 정치인들이 하는 특별한 일이 아니다. 이 사회에서 살아가는 나의 모든 일에 영향을 주는 사회 구조와 가치, 체계와 관련된 일이다. 그래서 무엇보다 어릴 때부터 제대로 된 교육이 필요하다. 선진국들은 정치교육의 중요성을 잘 알고 있다. 독일과 프랑스의 어린아이들은 초등학생 때부터 노동법에 대해서 배운다. 노동자로서 보장받고 요구할 수 있는 권리를 어린 시절부터 배우며 큰다. 북유럽 국가들에선 초등학교 아이들도 투표에 참여한다. 비록 정식 투표권은 없지만 모든 정당은 초등학생들의 투표 결과를 예의 주시한다. 그리고 미래의 유권자들에게 자신들의 정치철학을 이해시키는 일에 정성과 관심을 쏟는다. 중학생을 정식 당원으로 인정하고 정당 활동을 보장하는 나라들도 있다. 그런 나라에서는 젊은 정치인들이 계속 배출된다. 정당 활동 경험이 풍부한 젊은이가 많기 때문이다.

기후위기 시대에 세계에서 가장 강력한 환경운동을 이끄는 사람은 스웨덴의 10대 소녀다. 홍콩의 민주화 시위의 중심에도 청년 지도자가 있다. 가만히 있으라는, 어른들 말을 들으라는 충고는 그들에게 통하지 않는다. 간절하게, 열정적으로 지금 문제가 벌어지고 있는 현장에 뛰어들어 그 일을 바로잡는 일에 최선을 다할 뿐이다.

해리와 론, 헤르미온이야말로 누구보다 정치적인 존재다. 그들은 마법 세계에서 벌어지는 일들이 자신들의 삶에 얼마나 강력한 영향을 미치는지 잘 알고 있다. 그래서 잘못된 일들을 바로잡기 위해 할 수 있는 모든 것을 한다. 겁에 질려서 무력해지지 않고 두려움 속에 숨어 결과를 기다리지 않고, 어른들만 믿고 기다리지 않고 스스로 나서서 상황을 파악하여 반드시 해야 할 일에 뛰어들었다. 그리고 열일곱 살에 마법 세계를 구해냈다.

정치적인 아이들이 위험한 게 아니다. 정치에 관심 없는 아이들이야말로 더 위험하다. 자신이 살고 있는 세계에서 일어나는 일과 그 일이 자신의 삶에 미치는 영향을 이해하고 지금 자신이 서 있는 곳에서 할 수 있는 일에 나서는 아이들, 그런 존재들이야말로 세상을 구하고 자기 자신도 구할 수 있다.

필요의 방

호그와트 마법학교 7층에는 '필요의 방'이라는 장소가 있다. 무엇을 간절히 원하는 사람 앞에만 나타나는 마법의 방으로, 그 사람에게 필요한 물건들로 가득 찬 곳이다. 예를 들어 갑자기 화장실이 간절한 사람에게는 요강이 가득한 필요의 방이 나타난다. 만취한 동료를 쉬게 하고 싶은 사람에게는 동료의 몸에 꼭 맞는 편안한 침대와 숙취 음료까지 준비된 말끔한 방이 나타나기도 한다. 학교 관리인은 청소 도구가 새로 필요할 때마다 필요의 방에서 새 빗자루와 솔을 가져온다.

때로는 물건을 절실하게 감추고 싶은 사람 앞에도 이 방이 나타난다. 그때 필요의 방은 수세기 동안 수없이 다양한 사람이 급하게 치워두기를 원했거나 남몰래 숨기고 싶어한 물건들이 산더미처럼 가득 있는 곳으로 등장한다.

영화를 제작할 때는 이 방을 꾸미기 위해 스태프들이 영국 전역의 벼룩시장을 돌면서 오래된 가구며 낡은 물건을 사들였다고 한다.

필요의 방은 호그와트 안에 숨어 있지만 누구나 발견할 수 있는 것은 아니다. 필요의 방이 나타나는 장소 앞에서 기다린다고 해서 항상 만날 수 있는 것도 아니다. 필요의 방은 그 방이 어떤 곳인지 알고 간절히 집중해서 불러내는 사람 앞에만 나타난다. 해리는 이곳에서 친구들과 비밀 훈련을 했고, 볼드모트는 자신의 영혼 일부를 담아놓은 마법의 물건을 숨기기 위해 필요의 방을 찾아냈다.

지금 내 앞에 필요의 방이 나타난다면 어떤 모습일까. 이 순간 내게 가장 급박하고 간절한 '필요'가 무엇인지 생각해 보게 된다.

첫아이가 젖먹이일 때, 아이와 전철을 타고 이동할 때마다 제일 힘들었던 건 젖을 먹이는 일이었다. 아이는 아무때고 어디서나 젖을 찾았다. 간신히 자리를 잡고 앉았는데 아이가 젖을 찾으면 당장 내릴 수도 없었다. 그 시절엔 지하철역 수유실도 드물었다. 지하철 좌석에 앉아 아이를 품에 안고 옷으로 가리며 조심스럽게 젖을 먹여야 했다. 가끔 노골

적으로 바라보는 남자들도 있었고, 마치 미개인 보듯이 불쾌한 표정으로 힐끔거리는 여자들도 있었다. 젖을 먹이는 일보다 젖을 먹이는 나를 향해 쏟아지는 그 시선들이 나를 힘들게 했다. 아이의 허기를 채워주는 그 일조차 사방에서 눈치를 봐야 했던 그 시절, 내게 필요의 방은 누구의 시선에서도 안심하고 아이에게 젖을 먹일 수 있는 안전한 공간이었다.

아이가 셋으로 늘어나면서 육아는 그야말로 전쟁 같았다. 집 안은 세 아이가 어질러놓은 물건들로 발 디딜 틈이 없었다. 단 한 곳이라도 말끔히 정리된 곳이 있으면, 잠시라도 애들 걱정 없이 쉴 수 있는 곳이 있으면 얼마나 좋을까…… 그때 내 앞에 필요의 방이 나타났다면 아마도 깔끔하고 고요하며 편안한 침구가 갖추어진 방이었을 것이다. 그 방에 들어가 5분, 10분이라도 꿀 같은 잠을 잘 수 있다면, 정말 새 힘을 내어 아이들한테 다시 갈 수 있었으리라.

엄마로, 아내로, 주부로 사는 일이 힘겹고 외로울 때는 오롯이 나 자신으로 있을 수 있는 공간을 소망했다. 그 방에는 내가 좋아하는 책이 그득하고, 즐겨 듣는 음반들이 빼곡하게 차 있으며, 기타와 스케치북과 물감 등이 놓여 있을 것이다. 그 방에서 나는 엄마도 아내도 아닌 '내'가 되어 책을 읽고 기타를 치고 그림도 그리고, 무엇보다 마음껏 상상의 날개를 펴며 글을 쓰리라. 그저 나 자신으로 숨 쉬고 움직이고 쉴 수 있으리라.

세 아이의 엄마로 산 나에게 절실했던 방, 결코 누릴 수 없어서 상상으로만 소망하던 애달픈 필요가 채워지는 그런 공간을 오래 꿈꿨다. 많은 엄마에게 이런 곳은 지금도 여전히, 너무나 간절한 필요의 방일 것이다.

필요의 방은 욕망의 공간이 아니다. 절실한 필요에 답하는 방이다. 더 좋은 공간을 욕심내는 사람 앞에 나타나는 것이 아니라 그것이 꼭 필요한 사람에게 나타나는 방이다.

아이들이 자라고 내 공간도 생긴 지금, 조용한 집에서 음악을 마음껏 들으며 글을 쓰고 책을 읽는다. 젊은 날 그토록 간절하고 절실했던 필요의 방이니, 더 바라는 것은 욕심이다. 그러나 한창 자라고 있는 아이들을 생각하면 다시 필요의 방을 떠올리게 된다. 언젠가 부모의 집을 떠날 아이들이 각자의 공간을 찾아 살아가게 될 때, 안전하고 쾌적하게 자신들의 필요를 채워줄 그런 방을 얻을 수 있기를 바란다.

그러나 이런 바람과는 비교할 수 없이 간절하고 절실한 필요들이 세상에는 너무나 많다. 지금 이 시간에도 창문 하나 없는 고시원에서 공무원 시험이나 취업을 준비하느라 고달픈 날들을 이어가는 청년들이 넘쳐난다. 신혼집을 구하지 못해 애가 타는 예비부부들과 커가는 아이에게 공부방 하나 만들어주는 것이 소원인 부모도 많다. 한여름엔 바깥보다 더 더운 쪽방촌에서 신음하는 어르신들도 셀 수가 없다. 그토록 절실하게 필요한 방을 만나지 못하는 많은 사람을 생각하면 내 필요 따위는 너무나 큰 사치인 것 같아 가슴이 조여온다.

우리나라에서 제일 뛰어난 학생들이 공부한다는 대학에서, 한여름 폭염 속에 창문도 환기 시설도 없는 공간에서 쉬던 청소 노동자가 사망하는 사건이 일어났다. 그들에게 간절한 필요의 방은 햇볕과 바람이 들고, 한여름엔 에어컨이나 최소한 선풍기가 마련되어 있는, 다리 펴고 누울 수 있는 작은 방 한 칸이었을 것이다. 인간답게 최소한의 쉼이 가능한 공간조차도 손에 닿지 않는 세상에서 수익과 효율을 강조하는 사회는 볼드모트보다 더 잔인하다. 세상의 변두리에서 존재의 가장 기본적인 필요들조차 채우지 못하는 사람이 너무나 많다. 하루를 살아낸 나를 보살피고 다시 세상으로 나갈 수 있는 힘을 얻을 수 있게, 쫓겨날 걱정 없이 지낼 수 있는 그런 방 한 칸. 약하고, 아프고, 가진 것 없는 그 많은 사람 앞에 그들의 간절함을 채워주는 필요의 방이 나타났으면 좋겠다. 그러나 간절히 필요로 하는 사람들이 꼭 필요한 것들을 얻을 수 있는 세상을 마법에 기댈 수는 없다. 우리의 관심과 요구, 참여와 연대가 모아질 때, 세상의 필요는 조금씩 채워질 것이다.

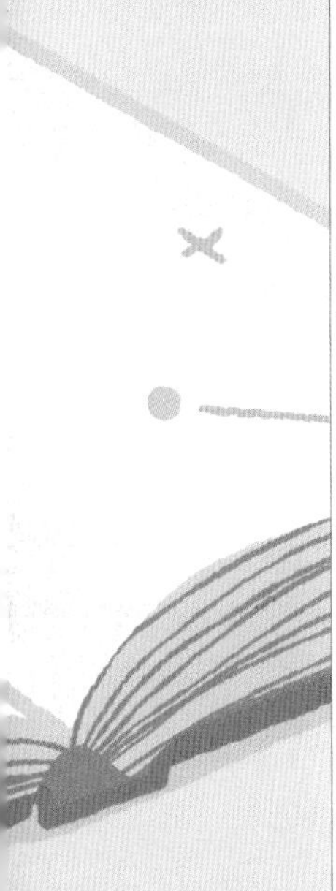

2부
마음이라는 마법

아이는 무엇으로 클까

그런 사람이 있다. 유난히 말귀를 못 알아듣고, 금방 설명해준 내용도 잊어버리고, 뭐만 했다 하면 실수하고, 둔하고 답답한 사람. 그래서 주위 사람들을 힘들게 하고, 누군가가 끊임없이 챙겨줘야 하는 그런 사람. 네빌이 딱 그런 아이다. 수업 시간에는 도맡아 지적을 받고, 기숙사 출입 암호도 매번 잊어버린다. 수업에 필요한 책이나 물건도 걸핏하면 흘리거나 잃어버리고, 여기저기 부딪치고, 허둥거리다 실수하고…… 네빌이 실수할 때마다 같은 그리핀도르 기숙사 학생들은 한숨을 쉬고, 다른 기숙사 학생들은 낄낄대며 비웃는다. 그러면 부끄럽고 창피하니까 또다시 실수하게 되고, 실수를 반복하니까 더 주눅이 들 수밖에 없다. 정말 딱한 악순환이다.

네빌의 집안은 유명한 마법사 가문이다. 그런 가문의 후

손이다 보니 네빌은 모든 집안사람의 관심을 한몸에 받으며 컸다. 그런데 도무지 영특함이 안 보였다. 심지어 마법 능력도 늦게 나타나는 바람에 집안사람들은 네빌이 마법을 부리지 못하는 게 아닌지 의심하기도 했다.

네빌은 할머니 손에 컸는데 할머니는 기운 넘치고, 우렁찬 목소리에 나이가 들었어도 용감한 여장부 마녀다. 그런 할머니는 하나뿐인 손자가 영 마음에 안 찬다. 기대하고 실망하고 다그치고 야단치고…… 그렇게 자라는 동안 네빌은 더욱더 움츠러들었고, 그 상태로 호그와트에 입학해서 그 많은 수업을 따라가자니 정말 어려웠을 것이다.

네빌에게는 비극적인 가족사가 있다. 네빌의 부모는 볼드모트가 세상을 어지럽힐 때, 그에 대항해서 열심히 싸우다가 그 추종자들에게 잡혀서 혹독한 고문을 당했다. 그들은 네빌의 부모가 고통을 견디다 못해 미쳐버릴 때까지 고문을 멈추지 않았다. 그후 네빌의 부모는 마법사 병원에 입원해 지냈다. 당시 겨우 한 살이었던 네빌은 그 후로 할머니 손을 잡고 병원을 오가며 정신을 회복하지 못한 부모를 만나왔다. 아이의 이름도 불러주지 못하는 부모, 자신들의 아이인지조차 알지 못하는 듯한 부모. 그런 부모를 네빌은 어떤 마음으로 만나왔을까. 어떤 마음으로 수많은 나날 병원을 오

간 것일까.

네빌의 엄마는 네빌이 병원에 갈 때마다 헤어지는 순간이 되면 호주머니에서 뭔가를 꺼내 쥐여준다. 풍선껌 종이다. 할머니는 제발 좀 버리라고 진저리를 치지만 네빌은 소중하게 챙겨 주머니에 넣는다. 이 대목을 읽고 가슴이 먹먹해져서 큰딸에게 물어본 적이 있다. 네빌이 왜 그 풍선껌 종이를 소중하게 챙기는 것 같은지, 어떤 마음이겠는지.

"엄마가 자기한테만 주는 거니까요."

아이는 답을 알고 있었다. 모든 아이는 부모, 특히 엄마가 자기에게만 특별한 사랑을 준다는 믿음이 있어야 하는 존재다. 아이들은 그런 것에 의지해서 살아간다. 네빌에게는 그게 풍선껌 종이였다. 자기 이름도 모르고, 당신의 아이인지조차 모르는 것 같은데 헤어지는 순간이 되면 잊지 않고 자기에게만 껌 종이를 쥐여주는 엄마…… 남들에게는 보잘것없는 쓰레기였지만 네빌은 그 껌 종이에서 오로지 자기만을 위해 기울여지는 그 무엇을 읽었고, 그것에 기대왔던 것이다. 모든 기억을 다 잃어버렸음에도 자기에게 껌 종이를 주는 것만은 잊지 않는 엄마를 보며 어린 네빌은 얼마나 깊은 안심과 기쁨을 느꼈을까. 이번에도 주실까…… 걱정했던 마음이 헤어지는 순간 엄마가 건네는 껌 종이로 채워지면 네빌의 세상은 다시 안전해지고 뿌듯해졌을 것이다. 엄마에게 받고 싶었던 사랑과 관심, 보살핌 등 모든 것을 그 보잘것없는 껌 종이에 담아 간직해왔던 네빌을 생각하면 언제나 가슴이 뭉클해진다.

그런 광경을 우연히 보게 된 해리와 론, 헤르미온은 네빌의 가슴 아픈 비밀을 이해하고 지켜준다. 그런 친구들에게 갖게 된 고마움과 신뢰 때문이었을 것이다. 네빌은 변하기 시작했다. 자신의 부모를 고문했던 자들이 탈옥해 다시 마법 세계를 지배하려고 움직이기 시작했다는 소식이 들려오자 네빌은 결심한다. 우리 부모님을 그렇게 만든 자들을 절대 용서할 수 없다. 그런 자들에게 이 세계를 넘겨주지 않겠다. 부모님의 용기와 희생을 헛되이 하지 않겠다. 그런 마음으로 네빌은 해리가 이끄는 비밀결사단에 들어가 마법 방어술을 배우며 누구보다 빠르게 발전한다. 남들보다 뒤처지고 더디지만 훨씬 더 많은 연습과 노력으로 한 걸음 한 걸음 나아간다. 겁 많고 약했던 아이, 찌질이에 실수투성이 네빌은 결국 그리핀도르 최고의 전사로 거듭난다.

아이는 무엇으로 클까. 어떤 것에서 부모의 마음을 느낄까.

아이는 끊임없이 새로운 것을 찾고 요구하기도 하지만,

부모가 무심코 흘린 작고 희미한 것에서도 특별함을 느끼고 간직하는 존재이기도 하다. 눈에 번쩍 띄는 대단한 무엇이나 값비싼 선물보다, 한결같이 아이에게 흘러가 닿는 작고 소박한 것들이 그 마음을 더 채워주는지도 모른다. 매일 밥상에 마주앉아 한 번씩 지어주는 엄마의 미소, 잠든 밤 머리칼을 쓰다듬는 아빠의 손, 좋아하는 간식을 챙겨 받았을 때의 기쁨 같은 것들. 대단한 것이 아니어도 좋다.

오늘도 그랬으니 내일도 같으리라고 믿을 수 있는 것, 이번에도 다음번에도 변함없을 것을 아는 마음이 아이를 크게 한다. 비싼 선물을 사주지 못해 미안해하기보다 매 순간 아이 마음을 뿌듯하게 채울 수 있도록 손길과 눈빛과 말 한마디에 정성을 들여야지…… 나도 매번 다짐한다. 이제껏 나를 키운 것도, 내가 가장 의지한 것들도 결국 그런 사랑이었으니.

우리를 힘들게 하는 사람들은 언제나 있다

어떤 이야기든 주인공을 괴롭히는 인물들이 있다. 해리의 일상에도 이런 악당이 여럿 등장한다. 부모 대신 해리를 키워준 이모네 세 식구는 한마음으로 해리를 학대하고 못살게 군다. 해리의 아빠에게 학창 시절에 괴롭힘을 당했던 슬리데린 기숙사 사감 스네이프는 해리를 만나는 순간부터 싫어하고 트집을 잡는다. 슬리데린 학생 말포이는 해리를 자신의 라이벌로 놓고 사사건건 경쟁하며 괴롭히려고 온갖 짓을 다 한다. 마법 세계의 권력가인 말포이의 아버지는 호그와트에 부당한 권력을 행사하면서 해리를 제거하려고 애쓴다. 이것만 해도 해리의 생활은 참으로 고달픈데 5학년이 되자 이전의 악당들을 한번에 능가하는 최고의 악당이 학교에 나타난다. 마법부 차관 엄브릿지다.

마법 세계는 마법부가 안전하게 관리하고 있으니 걱정

말고 계속 마법부를 지지해달라고 말해왔는데, 난데없이 해리라는 아이가 나타나 볼드모트가 다시 부활하고 있다는 등 마법 세계에 위험이 닥쳐오고 있다는 등 마법부의 얘기와 반대되는 주장을 하는 것이 마법부 장관은 못마땅하다. 호그와트 교장이자 마법사들의 존경을 한몸에 받는 덤블도어 교수마저 해리의 주장을 인정하고 마법부를 설득하려 하니 더 미울 수밖에 없다. 자기가 차지하고 있는 커다란 권력을 놓고 싶지 않은 마법부 장관은 덤블도어가 해리를 앞세워 있지도 않은 위험을 꾸며내어 마법 세계에 혼란을 가져오고 결국은 자기가 마법부 장관을 하려 한다고 의심한다. 닥쳐오는 위험에 눈감고, 권력을 유지할 방법에만 골몰하는 마법부 장관은 어떻게든 이 두 사람을 제거하고 싶지만 마법부 수장으로서 차마 자기가 직접 나설 수는 없어 차관인 엄브릿지를 호그와트에 파견한다. 엄브릿지는 마법부를 등에 업고 본격적으로 학교 운영에 간섭하며 교수와 학생 들을 옥죄기 시작한다.

엄브릿지가 무서운 이유는 자신이 하는 일이 올바르다고 강력하게 확신하기 때문이다. 그녀는 교육부 차관으로 와서 장학사가 되고 나중에는 교장 자리까지 차지한다. 언제나 자신이 진정한 교육가임을 내세우며 학생들 앞에서 미소를 잃지 않는다. 참된 교육자로서 호그와트의 잘못된 교육을 바로잡기 위해서 교칙을 바꾸고, 잘못된 교육을 받아 불건전한 사상을 가지게 된 학생들을 개조하는 것이 자기의 의무라고 생각한다. 그녀가 말하는 올바른 교육이란 마법부의 지시에 충성하는 학생을 키우는 것이다. 자율성이나 주체성, 창의성 같은 것은 필요 없다. 마법부에 순응하는 것이 최고의 가치다. 이를 거부하는 학생에겐 가차없는 응징이 가해진다. 마치 학생들을 천황에 충성하는 황국신민으로 키우기 위해 칼을 차고 들어와 수업을 했던 일제강점기의 교사와 다름없다. 볼드모트가 부활한 것은 사실이며 이를 직접 목격했다고 주장한 해리에게 그녀는 끔찍한 고문을 행한다. 온통 분홍으로 치장된 자기의 방으로 해리를 부른 엄브릿지는 우아하게 차를 홀짝이며, 해리로 하여금 자신의 피를 잉크 삼아 반성문을 쓰게 한 것이다. 해리의 얼굴이 고통으로 일그러질수록 그녀의 미소는 더 환해진다. 목적을 위해서라면 수단과 방법을 가리지 않고 타인의 고통을 즐기는 인물, 그녀가 엄브릿지다. 학생들의 모든 자율 활동을 다 금지시키고, 해리가 그토록 좋아하는 퀴디치도 못하게끔 영구 출전 금지를 명한다. 서로가 서로를 감시하고 고발하도록 부추기며, 학생뿐만 아니라 교수들, 마법부 직원인 학부모들까지 감시하고 괴롭히며 그녀는 호그와트의 모든 숨통을 조여놓는다.

그렇다면 엄브릿지로 인해 모두 고통스럽고 무기력해지기만 했을까?

아니다. 그녀는 주인공들에게 더 깊은 배움과 단합, 용기와 성장을 이끌어내는 계기가 되었다. 한쪽을 누르면 반대쪽의 튀어오르는 성질은 더 커지는 법, 엄브릿지의 악행이 심해질수록 이에 저항하는 학생들의 활동도 본격적으로 시작되었다.

엄브릿지의 통제 속에서 제대로 된 수업을 할 수 없게 되자 학교 교칙을 철저하게 지키는 모범생 헤르미온은 학생들 스스로라도 올바른 수업을 받아야 한다며 해리를 지도자로 내세운 비밀결사를 만든다. 이 모임에 자발적으로 참여한 많은 학생은 학교에서 가르쳐주지 않는 실질적인 내용을 서로서로 가르치고 배워가며 마법 실력을 쌓는다. 해리의 말을 믿지 않던 학생들도 해리 편에 서서 그를 신뢰하기 시작하고, 자신의 능력에 의문과 혼란을 느끼던 해리는 모임을 이끌수록 당당한 지도자로 우뚝 서게 된다. 겁쟁이 네빌은 누구보다도 열심히 훈련하여 용감한 전사로 거듭나고, 따돌림을 당하던 루나도 어려운 모험을 함께해나가는 친구를 얻는다. 부당한 것에 끝까지 저항하며 올바른 길을 고민하고 찾아가는 주인공들의 의지와 용기는 엄브릿지를 겪으며 한층 더 깊어지고 강해진다. 이런 의지와 연대는 고난에 좌절하지 않고 악을 물리치는 여정을 완수하는 데 가장 강력한 힘이 되었다.

살다 보면 우리를 괴롭게 하는 사람이나 문제를 만나게 될 때가 있다. 그것 때문에 힘들고, 우울해지고, 무기력해지기도 하지만 그런 상황에 놓였을 때 비로소 우리 자신을 제대로 돌아보게도 된다. 걸림돌이 없는 삶은 얼핏 편안해 보이지만 발전 또한 멈출지 모른다. 우리를 가로막는 걸림돌 앞에서 비로소 그동안 놓치고 있던 것들을 돌아보고 지금 당장 해야 할 일들에 마음을 모으게 된다. 진정한 성장은 그런 과정을 통해서 오는 것이다. 나를 괴롭히는 사람, 힘들게 하는 사람을 겪으며 내면을 더 강하고 크게 만들 수 있다면, 그는 내 성장에 자양분이 될 것이다. 엄브릿지를 겪으면서 해리는 이전보다 한층 더 용감하고 강한 인물로 거듭났다.

꼭 악당까지는 아니더라도 나를 힘들게 하는 사람을 마주하게 된다면 그를 통해 더 나은 사람이 될 기회로 여기면 어떨까. 큰 고통과 위기 앞에 서면 한 번도 이끌어내지 못했던 내면의 힘을 끌어모으게 되지 않던가. 문제없는 삶은 없다. 나를 힘들게 하는 사람이 없는 삶도 없다. 뜨거운 불 속에서 수없이 단련되고 벼려진 강철이 비할 수 없는 단단함을 가지는 것처럼, 나를 가로막는 어려움을 내가 더 성장할 수 있는 자양분으로 삼아 나아가보리라.

좋아하는 일은 힘이 세다

큰아이는 레고를 좋아한다. 사춘기를 훌쩍 지난 지금이야 덜하지만 어릴 때는 새 레고 세트가 생기면 여섯 시간쯤 꼼짝 않고 조립을 했다. 손톱만 한 작은 조각들을 끼우고 빼는 일, 나는 10여 분만 해도 진저리가 나고 허리가 아파 죽겠는데, 아이는 화장실도 가지 않고 무섭게 빠져들었다. 그 엄청난 몰입이 경이롭기까지 했다. 레고를 빨리 멋지게 완성하고 싶은 마음에 배고픔도 잊었다. 좋아하는 일의 힘은 그토록 세다.

해리의 가장 친한 친구인 론에게는 프레드와 조지라는 쌍둥이 형이 있다. 쌍둥이 형제가 제일 좋아하는 것은 기발한 마법 장난감을 만드는 일이다. 재기 넘치고 호기심 많은 쌍둥이 형제는 학교 수업보다도 온갖 재미나고 신기한 마법의 물건들을 만들어내는 데 열중한다. 제대로 된 제품을 만들기 위해서 서로가 임상 실험의 대상이 되는 것도 마다하지 않는다. 먹으면 구토하는 약과 구토를 멈추는 약을 세트로 개발하기 위해 스스로 수없이 구토에 시달리면서 최적의 조합을 찾아낸다. 성공한 물건들은 학생들에게 아주 인기가 좋다. 모두가 프레드와 조지의 신기한 마법 장난감을 좋아한다. 쌍둥이 형제가 발명한 마법 장난감 중에는 먹으면 혀가 한없이 길게 늘어나는 과자도 있고, 한순간 새로 변하게 하는 크림도 있다. '늘어나는 귀'라는 것도 있는데 줄에 매달린 가짜 귀를 늘어뜨리면 멀리 떨어져 있는 사람들 얘기를 엿들을 수 있다. 백일몽 마술이라는 것도 있다. 30분 동안 황홀한 백일몽에 빠질 수 있는 제품이다. 물론 남들 눈에는 보이지 않는다. 작가 조앤 롤링은 조지와 프레드의 기발한 발명품 중에서 이 제품을 가장 마음에 들어했다. 지루한 수업 시간에 이 제품을 사용하면 나만의 달콤한 환상에 빠져들 수 있는데, 예를 들면 잘생긴 배우와 데이트를 하는 꿈이라든가 멋진 곳에서 휴가를 보내는 식이다. 그런 백일몽을 30분간이나 즐길 수 있다니, 정말 나라도 기꺼이 사겠다.

그렇지만 뭐니뭐니 해도 쌍둥이 형제의 발명품 중 가장

인기가 많은 것은 꾀병용 과자 세트다. 먹기만 하면 갑자기 온몸에 종기가 돋아나고, 열이 펄펄 끓고, 코피가 한없이 나고, 얼굴에서 혹이 자라고, 계속 토하는 등 수업을 받을 수 없게 된다. 이 과자 세트는 공부하기 싫어하는 아이들한테 폭발적인 인기를 끈다. 어릴 때, 학교 가기 싫은 날은 열이라도 났으면 하고 바랐다. 요즘은 인터넷 쇼핑몰에서 회사 가기 싫을 때나 명절날 힘든 일에서 빠지고 싶을 때 쓰는 꾀병용 물품을 팔긴 한다. 팔에 끼우기만 하면 골절 환자로 보이게 하는 가짜 깁스도 있고, 손가락에 끼우는 가짜 붕대도 있다. 아이나 어른이나 가끔은 아프다고 거짓말하고 싶은 마음이 왜 없을까. 조지와 프레드 형제는 '이럴 때 이런 게 있으면 좋겠다' 하는 상상을 실제로 만들어낸다. 수없이 실패를 거듭하면서도 포기하지 않고 끈질기게 시도하는 모습이 대단할 뿐이다.

그러나 엄마인 위즐리 부인은 걱정이 크다. 중요한 시험 성적은 형편없지, 저러다 학교에서 쫓겨나는 건 아닐까, 부적절한 마법을 사용한 죄로 마법부에 잡혀가는 건 아닐까 걱정이 끊이지 않는다. 위즐리 부인은 조지와 프레드도 공부를 착실히 해서 아빠처럼 마법부에 들어가길 바란다. 마치 아이들이 '좋은' 대학 나와서 대기업에 취직하기를 바라는 이 시대의 학부모들처럼 말이다. 좋은 성적과 안정된 직장에 대한 소망은 마법 세계나 우리나 어쩌면 이렇게 똑같을까. 하지만 쌍둥이 형제는 마법부엔 아무런 관심이 없다. 오직 장난감 가게를 차려서 자기들이 발명한 장난감을 팔겠다는 생각뿐.

발명하는 제품마다 학생들에게 선풍적인 인기를 끄는 조지와 프레드의 활약은 시리즈 5부 『해리 포터와 불사조 기사단』에서 빛을 발한다. 호그와트에 장학사로 부임해 교수들과 학생들을 악랄하게 괴롭히던 마법부 차관 엄브릿지에게 통쾌한 복수를 날릴 때 그 절정에 이른다. 엄브릿지는 덤블도어를 내쫓고 학교의 모든 교칙을 바꿔가며 학생들을 통제하고 탄압했는데, 쌍둥이 형제가 마법의 장난감들을 동원해 학교에 큰 소동을 일으키며 그에게 골탕을 먹인다. 결국 소동의 주체가 이들이었음이 발각되는데, 이 쌍둥이 형제는 당황하지 않고 거대한 마법의 폭죽을 터뜨려 엄브릿지를 혼비백산하게 만든 후 더이상 배울 게 없으니 학교를 그만두겠다며 마법의 빗자루를 타고 하늘 높이 유유히 사라져버린다. 규칙, 시험, 졸업 따위에 연연하지 않고 못된 사람에게 한 방 제대로 먹인 후 전교생이 보는 앞에서 하고 싶은 일을 하러 세상으로 떠나는 이 장면은 영화 〈해리 포터와 불사조 기사단〉에서 가장 멋지고 통쾌한 장면으로 팬들의 마음에 남았다.

좋아하는 일은 힘이 세다. 너무 재미있어서 하고 있으면 시간 가는 줄 모르고 어떤 어려움이 닥쳐도 얼마든지 견딜 수 있게 하는 일, 매일매일 하고 싶고 더 잘하고 싶고 꼭 이루고 싶어 몸과 마음이 달뜨는 일, 그런 일을 만나는 사람이 얼마나 될까. 그냥저냥 하게 된 일에 마음을 붙여가며 살아가는 사람들이 대부분일 것이다. 그러니 조지와 프레드처럼 어려서부터 한결같이 재미있고 신나고 더 하고 싶은 일이 있고, 그 일에 재능까지 있는 데다 함께하는 사람이 있다는 건 굉장한 축복이다.

나는 어떤 일을 할 때 그렇게 신나고 즐거울까? 사는 동안 그런 일 한 가지쯤 가지고 있어야 하지 않을까? 생활인으로서 돈을 버는 일 말고, 내 취미와 재능, 호기심과 열정을 이끌어낼 수 있는 일 말이다. 취미 삼아 배운 마술이 너무 재미있어서 주말이면 여러 복지기관을 다니며 마술 공연으로 재능 기부를 하는 사람도 있고, 직업은 따로 있지만 새를 관찰하는 일이 너무 행복해서 평생 관찰한 새에 관한 책을 쓴 사람도 있다. 환갑이 넘어 배운 오토바이로 전국을 다니며 인생을 즐기는 할머니도 있고, 나무젓가락을 이용해 모형 장난감을 만들어 전시회를 여는 직장인도 있다. 한없이 빠져들 수 있는 즐거움을 가지고 있는 삶은 충만하다. 내가 좋아서 하는 일로 다른 사람도 이롭게 한다면 더 좋겠지만, 그 일을 통해 자신이 살아 있음을 느끼면서 더 넉넉하고 유쾌한 사람만 되어도 충분하다.

그 모든 크리스마스에 축복을

해마다 성탄절 즈음이 되면 아이들과 '해리 포터' 영화 시리즈를 보곤 한다. 언제부턴가 그렇게 되었다. 뒤로 갈수록 어둡고, 으스스하고, 심각해지긴 하지만 그래도 이 영화는 12월, 그것도 크리스마스 시즌에 가장 잘 어울린다고 생각한다. 해리가 호그와트에서 맞이한 첫번째 크리스마스 장면을 사랑하기 때문이다.

해리는 호그와트에 입학한 첫해의 크리스마스 휴가를 이모네 집에 돌아가는 대신 학교에 남아 보내게 된다. 론과 그의 형제들도 위즐리 부인의 여행 때문에 함께 남았다. 해리는 이 자체만으로 최고의 크리스마스라고 여긴다. 이모네 집에서 보낸 크리스마스는 늘 끔찍했기 때문이다. 비싼 선물들에 파묻혀 있는 사촌 두들리 옆에서 그는 두들리가 신던 낡은 양말이나 이모부가 입던 볼품없는 옷을 선물로 받았다. 그리고 내내 가족들의 시중을 들어야 했다. 행복한 기억이라곤 없었다. 그러니 자기가 사랑하는 학교에서 가장 좋아하는 친구인 론과 함께 크리스마스를 보내다니 얼마나 좋았을까.

소설 속에서도 영화 속에서도 호그와트의 크리스마스는 1년 중 가장 화려하고 아름답다. 대연회장 벽은 온통 크리스마스 장식용 꽃줄과 겨우살이가 매달려 있고, 반짝이는 작은 고드름과 수백 개의 촛불이 밝혀진 열두 그루의 크리스마스트리가 빙 둘러 서 있다.

크리스마스 아침, 해리는 침대에서 일어나 머리맡에 놓인 여러 개의 선물을 보고 놀란다. 론의 엄마는 해리에게 손으로 뜬 에메랄드빛 스웨터와 직접 만든 과자를 선물했다. 위즐리 부인은 론과 해리가 처음 친구가 된 그 순간부터 해리를 자기 아이처럼 돌봤다. 그런 마음이 매년 크리스마스 때마다 자신의 아이들과 똑같은 선물을 챙겨주는 것으로 드러난다. 집안 형편이 넉넉지 못해서 론의 학교 준비물조차 새것으로 장만해주는 것이 어려우면서도 위즐리 부인은 해리의 생일과 부활절, 크리스마스 선물을 잊은 적이 없다. 해리에게 크리스마스는 무엇보다도 이렇게 자신을 가족처럼 아껴주는 따듯한 마음들을 확인하는 날이다. 커다란 사랑 안에 있다는 느낌, 자신을 위해 시간과 정성을 들인 누군가의 선물을 받는 날, 이전까지 해리의 인생에 결코 없었던 행복이 한꺼번에 밀려온다.

해리의 4학년 시절을 담은 『해리 포터와 불의 잔』에서의 크리스마스 장면은 '해리 포터' 시리즈 중에 최고다. 뭐니뭐니 해도 크리스마스 무도회에 파트너와 함께 참석한 헤르미온의 눈부신 변신 때문이다.

늘 무거운 책에 파묻혀서 부스스한 머리를 풀어헤치고 다니던 헤르미온이 매끄럽게 손질한 머리를 우아하게 위로 틀어올리고 붉은빛이 살짝 감도는 푸른 드레스를 입고 나타났을 때, 해리를 비롯한 모든 호그와트 학생들은 놀라서 입을 다물지 못한다. 론은 자기 파트너도 잊어버리고 내내 헤르미온만 쳐다본다. 매일같이 다니는 너무나 익숙한 친구였던 헤르미온이 론의 마음속에 성큼 다가온 때가 아니었을까. 그러나 론은 호그와트와 경쟁 관계에 있는 학교의 남학생과 파트너가 된 헤르미온에게 분노를 느끼고, 헤르미온은 끝까지 기다렸지만 자신을 파트너로 청하지 않은 론이 서운하다. 서로 끌리면서도 한쪽은 자신의 감정을 모르고 있으니 지켜보는 해리도 난처하다. 사춘기를 맞이한 주인공들의 갈등과 변화가 가장 극적으로 드러나는 크리스마스 장면이다.

해리의 크리스마스는 언제나 풍성했지만 6학년을 끝으로 모든 것이 변한다. 덤블도어는 죽고 마법부는 무너지고 마법 세계는 볼드모트와 그의 추종자들에게 넘어간다. 볼드모트는 해리를 잡기 위해 사활을 걸고, 해리는 론과 헤르미온과 함께 정처 없는 도피 생활을 시작한다. 한순간도 안심할 수 없는 도피 생활 중에도 위험한 모험이 계속되면서, 그사이에 다치고 지쳐간다. 그런 상황을 견디지 못한 론은 해리와 싸운 뒤 떠나버리고 남겨진 해리와 헤르미온은 견딜 수 없는 상처와 좌절감으로 고통받는다.

볼드모트의 비밀에 대한 단서를 얻기 위해 위험을 무릅쓰고 해리가 태어난 곳을 찾아간 두 사람은 교회에서 들려오는 성가를 들으며 그날이 바로 크리스마스이브라는 것을 깨닫는다. 그리고 그곳에서 해리는 부모님 무덤을 발견한다. 처음 보는 부모님의 무덤 앞에서 가슴을 짓누르는 비통함을 느끼는 해리의 손을 헤르미온이 꼭 잡아준다. 무덤에 바칠 무언가를 가져와야 했다는 것을 해리가 깨닫는 순간, 마법으로 아름다운 장미 화환을 만들어서 무덤 위에 놓아주는 헤르미온. 그녀의 깊은 마음 씀씀이는 언제 어떤 상황에서도 빛난다. 그러나 바로 목숨을 잃을 뻔한 위기를 맞이하는 두 사람의 성탄절은 비탄과 공포, 죽음의 위협 속에 한없이 고통만 안겨준 가슴 아픈 날이 되고 만다.

잊을 수 없는 크리스마스가 내겐 있었던가…… 생각해보면 딱히 기억나는 장면이 없다. 그러나 아이들이 생긴 뒤에는 산타 할아버지를 기다리는 아이들의 마음을 지켜주기 위해 남편과 새벽까지 선물을 포장하고 산타인 척 편지를 쓰던 훈훈한 기억들이 있다. 크리스마스 아침, 머리맡에 놓여진 선물을 보고 네 살 막내가 흥분해서 "언니, 산타 할아버지가 내가 갖고 싶었던 걸 선물해주셨어. 산타 할아버지 너무 고맙다" 하더니 창가로 뛰어가서 창밖에 대고 "산타 할아버지 고맙습니다" 하고 목청껏 외치던 모습이 새록새록 떠오른다. 그때 네 살 막내의 눈에는 분명 밤새 전 세계에 선물을 나눠주고 고단한 몸을 썰매에 기댄 채 멀어져가는 산타 할아버지의 뒷모습이 보였을 것이다.

이제 산타를 기다리던 어린 날들은 다 지나갔지만, 아이들과 크리스마스트리를 꺼내 먼지를 털고 전구를 밝힌 뒤 맛있는 음식을 먹으며 '해리 포터' 영화 속의 크리스마스 장면을 보는 성탄절도 즐겁다. 크리스마스엔 마법이 필요한

법. 그럴 땐 영화 속의 마법에라도 흠뻑 빠져보자. 대연회장 천장에서 마법의 눈이 내리는 호그와트의 크리스마스가 우리집 거실에 와 있다.

부모를 인간으로 만날 때

늦은 나이에 아이를 낳고 매일 엄마를 생각하며 울었다.

아이 하나 키우는 것도 이렇게 힘든데 엄마는 쌍둥이로 태어난 우리를 어떻게 키우셨을까, 생각할수록 기가 막히고 마음이 아팠다. 아빠도 다시 보였다. 세 아이만으로도 살림이 빠듯한 것을 생각할 때마다 여섯 아이의 가장으로서 가정을 책임져온 아빠의 어깨가 얼마나 무거웠을지 새삼 느껴졌다. 자라는 내내 한 번도 해보지 못했던 생각들을 부모가 되고서야 하게 된다.

부모는 인생의 갈피갈피마다 새롭게 알게 되는 존재다. 첫 사회생활을 할 때, 결혼을 할 때, 부모가 되고 아이들이 커가는 모습을 볼 때, 동시에 나이 들어가는 부모님의 모습이 눈에 밟힐 때. 그때마다 부모님에 대한 다른 감정들이 생겨난다. 조금은 어렵게 느껴지고, 밉고 지긋지긋한 시절들도 있었지만, 돌아보면 언제나 그분들에게 의지해 왔다는 것을 아는 나이가 되니 이제 내 모습에서도 부모님이 보인다. 자식은 그렇게 여러 번 부모를 새롭게 만나며 이해하게 된다.

한 살 때 부모를 잃은 해리는 부모에 대한 기억이 없다. 부모가 다녔던 호그와트에 입학한 뒤, 아버지가 훌륭한 퀴디치 선수였고 인기가 많았으며 용감하고 뛰어난 학생이었다는 이야기를 들은 해리는 아버지에 대해 자부심을 느끼고 행복해한다. 그렇게 학교생활이 힘들 때마다 아버지를 생각하며 위안과 용기를 얻었다. 우연히 아버지 학생 시절의 모습을 알게 되기 전까지는……

어느 날 해리는 특별 수업을 받기 위해 스네이프의 방에 갔다가 혼자 남겨진다. 그 앞에는 펜시브가 있었는데 스네이프는 절대 들키고 싶지 않은 기억을 그속에 보관해두고 있었다. 해리는 호기심을 참지 못하고 펜시브 속으로 들어가 스네이프의 가장 깊숙한 기억을 본다.

아버지가 해리와 비슷한 나이였을 때의 장면이다.

호숫가에서 쉬고 있던 아버지는 시험지를 들여다보며 걸어오던 무방비 상태의 스네이프를 주문으로 쓰러뜨린다. 그러더니 일어서려는 스네이프의 입에서 비누 거품이 나오게 하는 못된 주문을 날리며 웃는다. 이것만 해도 참기 힘든데 반격하려는 스네이프를 거꾸로 매달리게 해서 때 묻은 속옷이 모두에게 드러나게 하고는 그것을 즐긴다. 해리는 말할 수 없는 충격을 받는다. 아버지는 거만하고 잘난 척하기 좋아하는 학생이었다. 그저 자기 맘에 안 든다는 이유로 같은 반 학생을 조롱하고 괴롭히며 즐거워했다. 그때 스네이프의 기분이 어땠을지 해리는 너무나 잘 안다. 해리야말로 모욕과 조롱이라면 호그와트에 오기 전까지 넘치도록 당했다. 존경하던 아버지가 다른 사람을 괴롭히며 즐거워하는 학생이었다니…… 자신이 가장 증오하는 행동을 하는 사람이었다니…… 해리는 견딜 수가 없다.

자식은 자라면서 부모를 한 인간으로 만나는 때가 온다. 좋은 모습도 있지만 전혀 예상하지 못한 시점에 뜻밖의 모습으로 만나기도 한다. 나도 그랬다.

아빠는 내게 좋아하는 것을 넘어 숭배의 대상이었다. 잘생겼고 음성도 좋고 노래도 잘했고 예술과 역사에 조예가 깊어 내게 수없이 많은 아름다운 이야기를 들려주었다. 책도 많이 읽고 글도 잘 썼던 아빠는 그 시절 내게 세상에서 가장 훌륭한 사람이었다.

한번은 아빠와 단둘이 어딘가에 가게 되었다. 들고 가야 할 보따리가 있었는데, 아빠는 양복을 잘 차려입은 당신이 이런 걸 들면 어울리지 않는다면서 나에게 들게 했다. 나 역시 아빠처럼 멋진 신사라면 당연히 그래야 한다고 생각했다. 짐이 무거워 손을 번갈아가며 들면서도 나는 그렇게 멋진 신사가 우리 아빠인 게 자랑스러워서 뒤따라가는 내내 가슴이 벅차올랐다. 마음껏 안기고 어리광을 부려보지는 못했지만, 내게 아빠란 존재는 그토록 절대적이었다.

그러다 대학 시절 아빠가 평생 헌신했던 직장에서 갑작스러운 실직을 당했다. 자취하던 작은 집에 대가족이 함께 살게 되었을 때의 혼란과 충격은 이루 말할 수 없었지만, 당장 학비와 생활비를 버는 일에 모두가 매달려야 했다. 전쟁 같은 삶이 시작되었다.

각자 자기 몫을 해내느라 허덕이는 와중에 아빠는 벽에 기대앉아 팔짱을 낀 채 눈을 감고 침묵만을 지켰다. 몇 시간이고 똑같은 자세로 말 한마디 없이. 경제적으로 무능해진 아빠를 바라보는 것도 힘들었지만, 그보다도 오랜 시간 동안 내 마음을 채우고 있던 아빠에 대한 자부심이 한순간 사라져버린 것이 더 견디기 어려웠다. 늘 훌륭하고 멋진 분이었으니까 이런 고비도 훌륭하고 멋지게 대처해나가라고, 계속 내가 숭배할 수 있는 대상으로 남으라고 소리지르고 싶었다. 나는 오랜 시간 아빠에게 다가가지 않고 차가운 침묵으로 대했다.

내가 아빠를 이해하기까지는 아주 긴 시간이 필요했다. 대학을 졸업하고, 험난한 사회생활을 시작한 뒤, 맘대로 되지 않는 취업으로 오래 힘들었다가 애초에 꿈꾸던 것과 전혀 상관없는 작은 직장에 들어가 박봉에 시달리면서부터였을 것이다. 사회에서 내 자리를 찾아가는 일이 이토록 어려운데, 나 하나의 일상을 꾸려나가는 일도 이렇게 힘든데, 대식구를 책임진 아빠의 좌절은 얼마나 컸을까. 하루아침에 아무런 대책 없이 당한 실직이 상상할 수도 없이 힘겨웠으리라는 것을 그제야 깨달았다.

젊은 날 뛰어들어 평생 몸과 마음을 다 바쳤던 직장에서 하루아침에 쫓겨나게 되었을 때 그 상처와 배신감이 얼마나 컸을지, 그 모두를 감당하고 납득하기까지 오로지 침묵으로 견디면서 마음으로 철철 피 흘렸다는 것을 비로소 헤아리게 되었다. 그렇게 그날들을 견뎠으리라고 생각하면, 아프고 감사할 뿐이다.

부모도 결국은 인간이다. 상처받고, 쓰러지고, 실수하고,

절망하는 인간이다. 자식들 앞에서는 언제나 강해 보이고 훌륭해 보일지라도 부모 역시 인생의 많은 시련 앞에서는 찬바람을 고스란히 맞으며 견딜 뿐이다. 마찬가지로 세상의 모든 부모 역시 한때는 어리고 철없는 사람이었다. 그러나 자식들은 처음부터 부모로 만나기 때문에 한 인간으로서 부모의 모습을 제대로 보기가 참 어렵다. 늘 의지하고, 존경하고, 따르는 일에 익숙하다 보니 잘 알고 있다고 믿었던 것과 다른 부모의 모습을 대하면 혼란스럽고 쉽게 실망하기 마련이다. 더구나 해리처럼 엄청나게 존경하던 아버지가 자기가 제일 싫어하는 행동을 하던 사람이라는 것을 알게 된다면 더욱 그럴 것이다.

해리는 열다섯 살의 미숙하고 철없던 아버지의 모습을 보고 실망하지만, 결국은 이해한다. 열다섯인 자기 자신이 매일 실수를 반복하고, 잘못을 쉽게 고치지 못하고, 많은 면에서 부족하고, 서툰 것을 인정하면서 그 시절의 아버지를 다시 보게 된 것이다. 좋아하는 여학생 앞에서 거들먹거리고 싶었고, 인기를 과시하며 자신의 맘에 들지 않는다는 이유로 동급생을 함부로 대하는 것을 용기와 대단함으로 삼을 만큼 어렸고 철없던 소년이었다는 것을 말이다. 더불어 그 모습이 아버지의 전부가 아니고 단지 자라나는 과정의 일부였음도 알게 된다. 아버지 제임스가 학년이 올라갈수록 성숙해지고 배움과 이해가 깊어져서 엄마 릴리의 사랑을 얻게 되었고, 악한 마법사들과 싸우며 마법 세계를 지키는 일에 누구보다도 용감하게 나서다가 죽음을 맞이했다는 것에 해리는 새롭게 깊은 존경과 감사를 느끼게 된다.

부모를 한 인간으로 보게 될 때, 한 인간으로 이해하게 될 때 자식은 새롭게 부모를 만난다. 그 과정이 자연스럽고 수월하면 좋겠지만, 그렇지 못하다 해도 누구의 잘못은 아니다.

나의 아빠는 많은 일을 겪었고 매 순간 할 수 있는 최선을 다하며 가족 곁에 있었다. 그것만으로 충분히 훌륭하다.

내 아이들도 언젠가는 나와 남편을 부모 이전에 한 인간으로 이해하게 되는 순간이 올 것이다. 우리도 실수를 반복하고, 어떤 부분은 여전히 나아지지 못한 평범한 사람들이었다는 것을, 그럼에도 좋은 부모가 되기 위해, 조금 더 나은 사람이 되기 위해 노력했다는 것을 이해해준다면 그것으로 족하다. 대단한 성취는 없다 해도 한 사람의 생활인으로서 노동자로서 자신의 삶을 살아내느라 최선을 다하는 사람으로 나와 남편을 아이들이 바라봐주면서, 우리가 함께 친구가 되어 남은 삶을 서로 응원하고 지켜주며 같이 걸어갈 수 있기를 바란다.

상실을 견디는 일

사랑하는 존재를 잃는 일은 끔찍하다.

떠난 존재의 의미가 클수록 상실감은 오래, 깊게 남아서 나를 흔든다. 어떤 상실의 아픔은 평생 떠나지 않는다. 고통 속에서 눈을 뜨고 고통 속에서 살아가게 한다. 도무지 그의 '없음'을 견딜 수가 없다. 매 순간 숨을 쉴 때마다 그 '없음'에 대한 생생한 감각이 모든 숨구멍을 막아버린다. 사는 게 죽는 것보다 아프다.

해리는 끊임없이 상실을 견디는 삶을 살아간다.

부모를 잃은 것은 아기 때 일이라 기억에도 없지만 열네 살 때 참가한 마법 경연대회에서 호그와트를 대표해 함께 참가했던 동료가 볼드모트에 의해 눈앞에서 죽어버리는 모습을 본 후 오랫동안 깊은 트라우마를 앓아야 했다. 그리고 이듬해 자신의 대부였던 시리우스의 죽음을 목격한다. 시리우스의 죽음은 이전까지의 그 어떤 일보다 더 큰 고통이 되어 해리를 흔든다.

시리우스와 해리의 아버지 제임스는 둘도 없는 친구였다. 그 둘은 호그와트를 졸업한 후 볼드모트에 대항하는 불사조 기사단의 일원이 되어 마법 세계를 구하는 일에 함께 참여했다. 시리우스는 해리가 태어났을 때 자신의 일처럼 기뻐했고 기꺼이 대부가 되어 해리에게 애정을 기울였다. 그러나 어린 해리의 목숨을 노리는 볼드모트에게서 해리 가족을 지키기 위해 애를 쓰다가 믿었던 친구에게 배신을 당해 제임스 부부가 죽게 되는 비극이 벌어진다. 현장을 찾았던 시리우스는 친구 부부를 죽였다는 누명을 뒤집어쓰고 아즈카반에서 종신형에 처해진다. 미치지 않고서는 살아 있을 수 없는 곳으로 알려진 아즈카반에서 그는 억울한 누명을 쓰고 12년을 산다. 그리고 극적으로 탈출해 해리를 만나게 된다. 해리는 처음에 시리우스를 부모를 죽게 한 원수이자 살인마라고 여겼지만 마침내 진실을 알게 된다. 누명을 쓰고 그토록 오랜 세월 죽음과도 같은 수감생활을 견뎌낸 사람임을 말이다. 그러나 시리우스를 배신한 친구를 다시 놓치는 바람에 시리우스의 무죄를 증명할 방법이 없어졌다. 시리우스는 다시 숨어 사는 신세가 되지만 해리에게 상상

HAVE YOU
SEEN THIS
WIZARD?

할 수 없는 큰 선물을 준다. 해리의 대부로서, 해리가 학교를 졸업하면 함께 사는 가족이 되자고 청한 것이다. 부모 없이 이모네 집에서 학대받으며 살아온 해리에게는 평생 처음 가족이 생기는 일이었다. 늘 혼자라는 고독 속에서 힘들었던 해리에게 시리우스는 또 다른 부모가 되어 해리가 믿고 의지하고 따를 수 있는 존재가 되어주었다. 이 사실이 해리를 얼마나 행복하게 했는지 모른다. 어렵고 힘든 일에 처했을 때 믿고 의논할 수 있는 가족이 생겼다는 것, 시리우스는 해리가 느껴보지 못한 뿌듯함과 든든함을 안겨주었다. 그런데 그런 존재가 사라진 것이다.

볼드모트는 해리의 정신 속으로 침투해서 시리우스가 위험하다는 거짓 환상을 보여주었다. 해리는 시리우스를 구하기 위해 목숨을 걸고 출동한다. 해리가 자신을 구하러 위험한 일에 뛰어들었다는 말을 전해 들은 시리우스 역시 해리를 구하기 위해 출동한다. 해리는 목숨을 건졌지만 해리가 보는 앞에서 시리우스는 죽음을 먹는 자가 날린 살인 저주를 맞고 죽게 된다.

눈앞에서 보고도 해리는 시리우스의 죽음을 받아들이지 못한다. 자신의 잘못으로 죽게 되었다고 생각하니 더 견딜 수 없다. 생애 처음 가족이 생기는 기쁨을 느끼게 해줬던 사람. 상처와 고통, 고독으로 가득하던 두 사람이 서로에게서 느꼈을 그 위안과 애정이 얼마나 소중하고 깊었을까. 그런 존재를 바로 눈앞에서 잃었다.

해리는 견딜 수가 없었다. 덤블도어의 방에서 온갖 물건들을 다 집어던지며 참을 수 없는 분노를 토해낸다. 마치 성난 파도처럼 방 안에 있는 모든 것과 그 자신마저 삼켜버릴 것처럼 휘몰아친다. 그러나 덤블도어는 그를 말리지 않는다. 그 뜨겁고 아픈 마음이 무엇으로든 터져나올 수 있도록 지켜만 본다. 해리는 덤블도어가 자기의 심정을 모를 거라고 소리지른다. 지금 자기가 느끼는 이런 감정을 세상 누구도 알지 못할 거라고 몸부림친다. 그러나 오랜 시간이 지난 후에야 덤블도어 역시 상상할 수 없이 고통스러운 상실을 겪었던 사람이었음을 알게 된다. 평생 그 상처가 주는 고통 속에서 살아온 사람임을 말이다.

내 고통이 너무 클 때 우리는 그런 고통이 얼마나 보편적인지 생각하지 못한다. 오직 나만이 괴롭고 죽도록 힘들다는 감정에 빠져 허우적거릴 뿐이다. 몸부림치고 분노하고 휘몰아치던 시간이 지나고 나면 이전의 자신이 아닌 다른 사람이 된다.

깊은 슬픔은 존재의 지평을 넓힌다. 비로소 타인이 안고 있을 그 무수한 슬픔에 눈이 뜨인다. 내 곁에 있는 사람들의 마음에도 비슷한 상처가 나 있다는 것을 알아본다. 평범해 보이던 한 사람 안에 얼마나 아프고 아픈 기억들이 새겨져 있는지 이해하게 되는 것이다.

소중한 사람이 떠난 자리에는 공허만이 남는 것이 아니다. 오래오래 그 슬픔을 응시하다 보면 그 속에 그로부터 받았던 것들이 더 크게 반짝이고 있다는 것을 알게 된다.

시리우스를 죽게 한 것은 해리가 아니다. 서로를 너무나 염려했고 사랑했을 뿐이다. 해리와 시리우스는 서로를 구하기 위해 기꺼이 뛰어들었다. 얼마나 위험한지 따위는 상관하지 않았다. 서로를 너무 소중하게 여긴 두 마음이 가져온 일이다. 누구의 잘못일 수 없다. 다만 간교한 볼드모트가 이 두 사람의 마음을 이용한 것이다.

시리우스는 죽었고 해리는 살아남았다. 그토록 소중한 사람을 잃고도 변함없이 해가 뜨고 배가 고파오고 친구를 만나 다시 웃을 수 있다는 것이 견딜 수 없게 느껴지기도 하지만, 해리는 천천히 천천히 시리우스 없는 삶에 적응해간다. 자신을 사랑했던 시리우스를 떠올리면 어떻게 살아야 하는지 답이 보인다. 그는 결코 해리가 슬픔에 짓눌려 지금의 삶을 낭비하는 것을 원치 않을 것이다. 언제나 그랬듯이 해리를 구하러 달려갔던 자신의 선택을 기쁘게 여기며 해리를 구하는 데 힘을 보태다 죽게 된 것을 자랑스러워할 것이다.

사랑하는 사람을 잃어도 여전히 살아 있는 사람들은 책임이 있다. 그가 살고자 했을 오늘을 열심히 살아가는 일. 그가 사랑한 나를 더 아름답게 꽃피우는 일 말이다. 이것이 그로부터 받은 사랑을 돌려주는 일이다. 살아남은 이는 자신의 생을 더 빛나게 해서 지금의 자신이 있게 한 그 사랑과 마음들에 빛을 비추며 살아야 한다. 그때 비로소 떠난 이들이 가슴속에 살아나 언제까지나 함께하게 되는 것이다.

때로 너무 아픈 이름,
가족

영화 〈러브 액츄얼리〉에는 장애인 오빠를 둔 여동생의 에피소드가 등장한다. 그녀의 휴대전화는 하루종일 아무때고 울려댄다. 장애인 시설에 사는 오빠가 시간에 상관없이 전화를 하기 때문이다. 그것이 그를 이 세상과 이어주는 유일한 끈이다. 부모는 세상을 떠나고 남은 가족이라곤 여동생뿐이다. 여동생이 자신의 전화를 받아주는 한 그가 사는 세상은 살 만한 것이 된다. 그것을 잘 아는 여동생은 오빠의 전화를 받지 않을 수 없다.

그녀에게는 오랜 기간 마음으로 좋아하던 직장 동료가 있었다. 마침내 회사의 크리스마스 파티에서 그녀는 그와 춤을 추며 가까워진다. 알고 보니 그도 그녀에게 호감을 느껴왔던 것. 마음이 통한 두 사람이 그녀의 방에서 사랑을 나누려는 순간, 전화벨이 울린다. 간신히 매무새를 추스른 뒤

오빠와의 통화를 짧게 마무리하고 다시 사랑을 나누려는데 또 벨이 울린다. 남자는 받지 말라고 부탁한다. 그의 눈빛은 우리의 시간, 우리의 관계를 보살피라고 호소한다. 그러는 동안에도 전화벨은 울리고 여자는 망설인다. 남자의 간절한 요청에도 불구하고 여자는 결국 전화를 받는다. 그렇게 둘의 관계는 거기서 멈춰버린다.

모두가 퇴근한 사무실에서 둘만 남은 시간, 남자가 조심스럽게 그녀를 바라본다. 곧 그녀의 전화벨이 울리고 그녀는 전화를 받는다. 남자는 한숨을 쉬며 그녀에게 인사를 하고 사무실을 떠난다. 그녀도 눈물을 삼키며 전화기를 붙들고 그에게 인사를 건넨다. 사랑하지만 내 것으로 할 수 없는 사람에게……

이 에피소드를 볼 때마다 마음이 먹먹해진다. 오빠가 가엾기는 하지만 적당히 외면하고 너의 삶을 살라고, 너의 사랑을 돌보라고 말하고 싶다. 그러나 오빠가 불행하면 그녀의 삶 역시 행복할 수 없다는 것도 안다. 유일한 혈육인 자신이 받아주지 않으면 오빠의 삶에는 아무도 없다. 나라면 그런 오빠를 외면하고 나 혼자 행복하게 살 수 있을까. 그럴 수 없다. 나와 연결되어 있는 한 사람의 불행을 외면할 수 없다. 그게 가족이다. 그래서 가슴 아프다. 눈앞에서 지나가는 그녀의 사랑도, 그녀에게만 의지하는 오빠의 그 외로운 삶도 너무 가슴 아프다.

너무 힘들지만 외면할 수 없는 가족이 해그리드에게도 있다. 호그와트 마법학교의 사냥터지기 해그리드는 거인 어머니와 일반 마법사 아버지 사이에서 태어났다. 거인들은 포악하고 잔인하다고 알려져 있으며, 볼드모트 편에 서서 마법사를 탄압하는 일에 가담했었기 때문에 마법사들은 거인들을 피하고 싫어한다. 그래서 해그리드는 자신의 어머니가 거인이라는 사실을 감추고 살아왔다. 그래도 보통 마법사들보다 세 배는 더 큰 몸집 때문에 호그와트에 입학할 수 있을지조차 알 수 없었다. 어떤 출신이든 마법을 할 수 있으면 학생으로 받아들였던 덤블도어의 배려로 호그와트 학생이 될 수 있었지만 학교생활은 평탄하지 않았다. 교칙에서 금하는 위험한 생물을 기르는 일을 좋아했기 때문이다. 늑대 아이나 대왕거미 등을 기숙사에서 몰래 기르다 발각되는 일이 잦았다. 그러다 머글 학생 한 명이 죽는 끔찍한 사고가 발생하자 사람들은 곧장 해그리드를 의심한다. 늘 교칙을 어기는 말썽쟁이였던 탓이다. 오직 덤블도어만이 그의 결백을 믿어주었고, 학교 측을 설득해 퇴학 대신 사냥터지기로 호그와트 일을 도우며 살게 해줬다. 그후 해그리드는 학교 밖 오두막에서 지내면서 신비하고 특이한 동물들을 기르는 일에 정성을 들인다.

볼드모트의 힘이 더욱더 강해지면서 마법 세계가 위험에 빠지자 덤블도어는 해그리드에게 비밀스러운 임무를 준다. 먼 나라 산속에 소수만 남아 있는 거인들을 만나 볼드모트에 대항해서 함께 싸워줄 것을 부탁하고 설득하는 일이었다. 아무도 모르게 다녀와야 하는 일이었음에도 해그리드는 돌아오는 길에 거인족에게 괴롭힘을 당하던 이복동생을 데려온다. 말도 안 통하고 자신의 힘을 제대로 통제하지 못하는 동생은 키가 5미터나 되었지만, 거인 사이에선 작은 키여서 늘 얻어맞으며 지내고 있었던 것이다. 자신의 안전과 앞날도 보장할 수 없는 위급한 때, 마법 세계에 당장 적응하는 것조차 어려운 거인 동생을 데려온다는 것은 누가 봐도 어리석고 무모한 일이었지만, 해그리드는 고통받는 동생을 차마 그냥 두고 올 수가 없었다. 동생에게는 해그리드만이 유일한 가족이었기 때문이다.

그롭이라고 불리는 그 거인 동생을 금지된 숲 깊숙한 곳에 감추어두고 해그리드는 해리와 헤르미온을 불러 동생을 부탁한다. 자기가 멀리 떠나 있을 때 이따금 동생을 찾아와 누군가가 관심을 가져주고 있다는 것을, 친구가 있다는 것을 알려주라고 말이다. 보통 사람들에겐 괴물같이 보이겠지만, 해그리드는 그래도 동생을 염려하며 보살피고 싶었다. 동생의 거친 행동으로 인해 다치고 피를 흘려도 해그리드는 동생에게 이 세상에 혼자가 아니라는 것을 알려주기 위해서 애쓴다. 동생 때문에 힘들어지고 곤란해져도 해그리드는 동생과 함께하는 삶을 선택한다. 자신이 사는 세상에서 환영받지 못하는 존재로 살아가는 일이 얼마나 힘든지 자기도 내내 겪어보았기 때문이다. 세 살 때 어머니가 떠나버리고 열한 살 때 아버지를 잃은 후 해그리드에게는 가족이 없었다. 친구도 없었다. 그토록 위험한 생물을 돌보는 일에 마음을 쓴 것은 잘 보살피고 돌보면 그들 역시 위험하지 않은 존재라는 것을 보여주고 싶었기 때문은 아니었을까. 제대로 알아보려고 하지도 않고 겉으로 드러나는 무서운 특징들만으로 선을 그어버리고 밀어내는 그 생물들도 잘 보살피면 도움이 되고 쓸모가 있고 사랑스러울 수도 있는 존재임을 보여주고 싶었던 것은 아니었을까. 누가 자신도 그런 마음과 정성으로 받아들여주기를 간절히 원했기 때문은 아니었을까.

모두가 염려했지만 그롭은 호그와트 대전투에 참가해 볼

드모트 편에 선 거인족을 상대하며 열심히 싸운다. 이 싸움의 의미조차 이해할 수 없지만, 자기를 챙겨주는 형을 괴롭히는 자들을 물리치는 일에 물불 안 가리고 달려든다. 그롭에게도 해그리드는 지키고 싶은 존재가 된 것이다. 마침내 볼드모트를 물리친 후에 마법사들은 자신들을 도운 그롭에게 먹을 것을 주며 고마움을 전한다. 그 이후에는 어떻게 되었을까. 알 수 없다. 그러나 나와 다른 존재에게 마음을 연 마법사들이 그롭 역시 더불어 살아갈 존재로 받아들였을 거라고 생각한다.

가족이란 따스하고, 고맙고, 마지막까지 기댈 수 있는 사람인 동시에 짐도 되고, 숙제가 되고, 지긋지긋하게 벗어날 수 없는 사람들이기도 하다. 그러나 어떤 이에게는 끝까지 외면할 수 없는 아픈 이름이다. 서로 기대고 의지하는 것이 숨막히고 고통스러워도, 그의 고통을 외면한 채로 내 삶이 행복해질 수 없다면, 함께 살아갈 수 있는 방법을 있는 힘을 다해 찾아낼 수밖에 없다. 〈러브 액츄얼리〉의 그녀와 오빠도, '해리 포터'의 해그리드와 그롭도 더불어 살아가는 삶을 잘 찾았기를 바란다.

마음에

마음이 답하다

해리는 열한 살까지 이모 집에서 살면서 지독한 학대를 당했다. 무시와 조롱이 일상이었다. 그런 삶을 벗어나게 된 후에는 약한 존재들을 학대하는 쪽에 서지 않았다. 소외되고 천대받는 존재들에게 더 많이 마음을 기울였다. 그런 삶이 얼마나 고통스러운지, 그럴 때 손을 내밀어주고 함께해주는 마음이 얼마나 소중한지 너무나 잘 알기 때문이다.

집요정은 마법사 세계에서 가장 '비천한' 신분이다. 하인처럼 부림을 당한다. 주인이 시키는 일은 무엇이든 해야 한다. 못된 주인을 만나면 심한 학대를 받기도 하는데 말포이 가문의 집요정인 도비가 그렇다. 말포이의 아버지 루시우스는 도비를 심하게 대한다. 기분이 나쁘면 걷어차거나 때리는 것도 일상이다. 도비는 옷이라고 할 수도 없는 넝마쪼으로 몸만 간신히 가린 채 맞고 걷어차이면서도 말포이 가문을 섬겨야 한다. 그게 집요정의 운명이다.

도비는 해리를 흠모한다. 해리가 자신의 삶을 더 낫게 해주었다고 믿기 때문이다. 볼드모트가 지배하던 시절 마법세계에는 끔찍한 공포와 비극이 넘쳐났다. 마법사들의 삶도 고통스러워졌지만 집요정들의 삶은 한층 더했을 것이다. 세상의 고통은 가장 낮은 곳에 있는 존재들에게 더 가혹하기 마련이다.

해리가 어둠의 마왕을 사라지게 한 후 마법사들의 삶은 극적으로 좋아졌지만 노예와 다름없는 집요정들의 신분이 달라진 건 아니다. 그럼에도 해리가 어둠의 마왕을 사라지게 해서 자기 같은 집요정들의 삶까지 훨씬 좋아졌다고 생각하며 해리를 존경해왔던 도비는 루시우스가 해리를 죽일 음모를 세우는 것을 듣고 가만히 있을 수가 없다. 해리 포터를 구해야 한다고 생각한다. 그것이 모시고 있는 주인을 거역해야 하는 일임에도 불구하고 도비는 해리를 구하기 위해 뛰어든다.

머글 세계에서 살아온 해리는 집요정이라는 존재에 대해서 아는 것이 없었다. 그런데 어느 날 한 집요정이 나타나 위험하다며 자기가 하려는 일을 다 방해하니 영문을 알 수가 없다. 도비가 들려주는 이야기를 통해 집요정의 삶에 대해 조금씩 이해하게 된 해리는 잔인하고 못된 주인을 섬기고 있는 도비의 비참한 삶을 듣고 분노한다. 그동안 어떤 마법사도 도비의 삶에 관심을 기울이지 않았다. 마법 세계에서 살아온 론조차 집요정에 대해선 무심했다. 관심 밖의 존재들, 한 집안에서 어떤 취급을 받든 상관없는 존재들이 집요정이었고, 그중에서도 특히 심한 학대를 받으며 살아온 도비가 위험을 무릅쓰고 자신을 구하러 온 것이다.

자신의 이야기에 귀를 기울여주고 분노해주고 염려해주는 말을 들으면서 도비는 큰 충격과 감동을 받는다. 지금껏 누구에게도 그런 존중을 받아본 일이 없기 때문이다. 자신을 걱정해주는 따뜻한 말 한마디조차 들어본 적이 없던 도비에게 해리가 건넨 염려와 공감은 마음 깊은 곳을 울린다. 그렇게 나쁜 주인에게서 도망치면 되지 않느냐는 해리의 말에 도비는 고개를 젓는다. 집요정은 주인이 옷을 선물해줄 때만 자유의 몸이 되는데 루시우스 가족은 절대 그럴 사람들이 아니기 때문이다. 죽을 때까지 끔찍한 학대를 받으며 힘든 일을 해야만 하는 도비에게 해리는 깊은 연민을 느낀다. 이모 집에서 해리 역시 늘 무시와 학대를 받으며 살았기 때문이다. 자신은 이제 호그와트에 와서 행복해졌지만 도비는 그 지독한 삶에서 벗어날 수 없다는 것에 해리는 분노한다. 약한 존재들이 당하는 고통에 늘 관심을 기울여온 해리였다. 그는 자기가 할 수 있는 모든 것을 다해 돕고자 했다.

해리는 자신을 죽이려고 했던 계획이 실패로 돌아간 후 화를 참지 못한 루시우스가 도비를 발로 걷어차며 괴롭히는 장면을 보게 된다. 순간적인 기지로 해리는 자기의 양말 한 짝을 벗어 루시우스의 책 사이에 끼워 건넨다. 루시우스는 습관처럼 그 책을 도비에게 던진다. 양말을 본 도비는 주인이 자기에게 옷을 선물했다며 이제 자유가 되었음을 선언한다. 해리 때문에 집요정을 잃게 된 것을 깨달은 루시우스는 격분하며 해리를 공격하지만, 도비가 더 강한 마법을 부려 루시우스를 날려버린다. 이제 자유로운 존재가 된 도비는 해리를 괴롭히는 존재를 용서하지 않는다.

도비로서는 꿈도 꾸지 못할 자유를 얻게 해준 해리는 이제 도비에게 세상에서 제일 소중한 사람이 된다. 비천한 존재가 겪는 고통을 외면하지 않았던 해리에게 도비는 할 수 있는 모든 것을 다해 보답을 한다.

덤블도어의 배려로 호그와트의 주방에서 일하게 된 도비는 해리를 도울 수 있다면 어떤 일도 마다하지 않는다. 도비는 볼드모트의 추격을 피해 숨어 다니던 해리와 친구들이 가장 위기에 처했을 때 나타나 모두를 안전하게 피신시키려고 애쓰고, 그 과정에서 죽음을 먹는 자가 던진 칼에 맞는다. 오열하는 해리의 품에 안겨 도비는 평온한 표정을 짓는다. 그토록 지키고 싶었던 해리, 도비는 그를 구할 수 있었던 것에 감사하며 눈을 감는다.

자신과 친구들을 위해 목숨을 바친 도비를 위해 해리는 마법을 쓰지 않고 직접 땀을 흘려가며 무덤을 판다. 마법 지팡이를 한번 휘두르면 금방 끝날 일에 오랜 시간 정성과 수고를 기울인다. 론도 삽을 들고 함께 뛰어든다. 누구도 왜 마법으로 하지 않느냐고 말하지 않는다. 다들 해리의 마음을 이해하는 것이다. 상상할 수 없는 용기와 헌신을 보여준 한 존재에게 묵묵히 흘리는 땀으로나마 보답하고 싶은 마음, 최선을 다한 예의로 보내주고 싶은 마음을 말이다.

가장 비루하고 고통받는 존재가 더 큰 감사와 더 큰 미안함을 품었다는 것. 해리가 도움을 그냥 누리지 않고, 그를 위해 무엇이라도 하려고 했던 그 마음을 헤아리다 보면 지금 내가 누리는 평화와 안락을 위해 헌신하고 희생한 사람들에 대해 돌아보게 된다. 한없이 낮은 존재였지만 자신을 도와준 이를 향해 가장 깊은 마음을 품고 살았던 도비와 약한 자의 고통을 결코 외면하지 않았던 해리. 세상을 지켜가는 것은 언제나 이런 마음들이다. 낮은 데로 흘러서 하나가 되는 마음, 작은 것에서 큰 감사를 느끼고 타인의 고통에 함께 아파하며 내가 받은 배려와 호의에 보답하려는 마음들이 세상의 한편을 지탱해주는 것이다.

누군가를 좋아하는 일

처음 누군가를 좋아했던 것이 언제였을까.

초등학교 때 같은 반 남자애한테 반해서 짝을 바꿀 때마다 설레며 기대했던 기억이 난다. 운이 좋아 그애랑 짝이 되면 기쁜 마음을 감추느라 일부러 어색한 표정을 짓곤 했던 것도.

대학에선 입학하자마자 만난 다른 학교 동아리 선배에게 마음을 빼앗겨 4년 내내 파도 같은 감정의 풍랑을 겪었다. 누군가를 좋아하면 사람은 왜 그렇게도 어리석어지는 걸까. 다른 사람 앞에서는 당당하고 유머 넘치고 씩씩하던 내가 좋아하는 사람 앞에서는 마음이 졸아들고 엉뚱한 실수를 하며 전전긍긍했다. 또 사랑은 사람을 얼마나 무모하게도 하는지.

과 친구들과 산속에 있는 숙소를 빌려 하루 엠티를 갔을 때 좋아하던 선배가 산 입구에 와 있다며 전화를 한 적이 있다. 거기서 좀 멀긴 한데…… 혹시…… 나올 수 있으면 잠깐 볼래?

두말할 필요가 없었다. 어두운 산길을 미친 듯이 달려갔다. 평소에 어두운 곳을 얼마나 무서워했는지 하나도 기억이 나지 않았다. 그저 이 길 끝에 그 사람이 있다는 사실에 마음이 붕 떠서 조금이라도 빨리 가고 싶어 정신없이 달렸을 뿐이다. 그야말로 잠깐 만나 얼굴을 보고 짧게 얘기를 나누면서 둘이 숙소까지 걸어왔는데, 그제야 그 길이 얼마나 어둡고 또 위험했는지 깨닫고 깜짝 놀랐다. 사방에 바위들이 튀어나와 있던 산길이었다.

사람을 좋아하는 일이 그렇다. 모든 것을 다 잊게 한다. 그 순간 오직 그 사람만 보인다. 한 번도 해보지 않았던 일에 뛰어들게도 하고, 잘하던 일들도 서툴게 만든다. 그냥 온통 흔들어버린다.

해리, 론, 헤르미온…… 이들도 자라면서 사랑에 눈뜬다.

마법 세계에 드리워지는 위험은 점점 커지고 학교생활도 나날이 힘들어지는데, 그럼에도 문득 가슴이 설레고 괜히 두근거리는 자신을 발견한다. 알 수 없는 감정들이 정신을 아득하게 한다. 이런 감정이 처음이라 아이들은 속수무책이다. 어떻게 해야 할지 알 수가 없다.

이들이 펼쳐가는 사랑의 역사를 지켜보면 예전의 내 모습이 떠올라 우습기도 하고, 엄마의 마음이 되어 안타깝기도 하다. 용감하게 다가가고, 솔직하게 고백하고, 상대방의 마음을 묻고, 지긋이 기다리기도 해야 하는데 주인공들의 좌충우돌은 점점 더 상황을 어렵게 한다.

그 시절을 다 지나고서야 보이는 것들이다. 당시에는 절대 알 수 없는 것들이다. 그래서 우린 누구나 첫 마음, 첫사랑에선 똑같이 서툴고, 어리석고, 안쓰럽다.

해리는 '초'라는 여학생에게 마음이 끌린다. 열다섯 살에 첫 키스를 하면서 마음이 붕 뜨지만 데이트를 바라는 여자친구를 어떻게 대해야 할지 몰라 초조해한다. 어색함을 깨보려고 꺼낸 말에 분위기를 더 망치고, 좋아하는 건 분명한데 상대방이 무슨 생각을 하는지 감도 잡을 수 없다. 하는 것마다 엉망이 된다.

사람을 좋아하는 첫 경험에 서툴고 우왕좌왕하는 해리를 보면 안쓰럽기도 하다. 부모나 여자 형제가 있었다면 자연스럽게 물어보고 또 곁에서 지켜보며 배울 수도 있었을 텐데. 엄마가 있었다면 여자의 마음이나 생각에 대해서, 엄마가 경험한 사랑에 대해서 많은 얘기를 들려주었겠지. 다정한 그의 엄마는 분명 해리를 격려하며 따뜻한 조언과 위로를 아끼지 않았으리라. 그러나 해리에겐 그럴 만한 사람이 없다. 해리보다 훨씬 의젓하고 생각이 깊은 헤르미온이 여자들의 마음에 대해서 많은 것을 얘기해주지만 해리는 이해하지 못한다.

사실 헤르미온이야말로 론에 대한 마음 때문에 힘겨운 시간을 보낸다. 론은 자신이 오래전부터 헤르미온을 좋아해왔음을 전혀 깨닫지 못한다. 너무 익숙하고 오래 본 사이라 차마 그런 마음이 들었다는 것을 인정하지 못한다. 거기에는 헤르미온같이 똑똑한 아이가 자기를 좋아할 리 없다는 열등감도 작용했을 것이다. 자존심 강하고 똑똑한 헤르미온은 론이 자신의 마음을 눈치채고 먼저 행동해주기만 기다리지만 둔한 론은 자꾸만 어긋난다. 그러다가 먼저 자신에게 관심을 보인 엉뚱한 여학생과 덜컥 사귀게 된다. 스스로에 대한 이해와 자신감이 없을 때 이런 실수를 하기 쉽다. 내 진짜 마음보다 누구라도 나를 좋아해준다는 게 좋아서 덥석 그 관계에 빠지는 것이다. 물론 잘 풀릴 리가 없다. 다른 여학생과 연인이 된 론을 지켜보며 헤르미온의 가슴은 타들어 간다.

초와의 연애가 참담하게 끝난 것도 힘들지만 헤르미온의

감정을 눈치채고 있는 해리는 두 사람 사이에서 늘 조마조마하다. 눈치 없는 론은 계속 헤르미온의 마음을 아프게 하고, 헤르미온은 괴롭고 미워서 론에게 쌀쌀맞게 굴며 유치한 복수를 하고, 론은 영문을 몰라 헤르미온을 원망한다. 셋의 관계는 아슬아슬 위태로워진다.

그냥 솔직하게 말을 하면 될 텐데 자존심 때문에, 혹은 너무 부끄러워서, 이렇게도 눈치 없는 론을 좋아하는 자신에게 화가 나서, 그럼에도 좋아하는 마음을 포기할 수 없어서 헤르미온은 괴롭다. 그 와중에 해리는 이제 론의 동생 지니에게 끌리고 있다는 것을 깨닫는다. 그런데 자기 감정을 인정하게 되면 가뜩이나 헤르미온과 론의 관계로 삐걱거리는 셋의 우정이 완전히 끝장날까 두렵다. 누구도 서로에게 솔직하지 못하다. 자기 마음을 제대로 보지 못한다. 자기 빼고 곁에 있는 사람에겐 다 보이는데 본인만 모른다. 사랑은 언제나 그렇다.

내가 어떤 사람을 원하는지, 어떤 사람과 함께할 때 정말 편안하고 나 자신이 온전히 받아들여진다고 느끼는지 깨닫는 일은 어렵다. 평생 알지 못하고 사는 사람도 많다. 특별한 방법이 있을 리 없다. 사랑이 우리에게 왔을 때 기꺼이 뛰어들어 수없이 아프고 상처받으며 조금씩 알아가는 수밖에는. 세상을 다 얻은 것 같은 행복과 세상이 다 끝나버린 듯한 고통 사이를 오가며 우리는 나와, 내 마음과, 내가 원하는 사랑을 알아간다.

론은 헤르미온의 마음을 아주 오래 아프게 한 다음에야 오래전부터 자기 안에 있었던 그 마음을 깨닫는다. 그 후로 둘은 서로를 더욱더 굳건히 믿으며 해리를 도와 볼드모트를 물리치는 여정을 끝까지 함께한다. 오랫동안 우정이었지만 이제 그보다 더 강한 사랑으로 닥쳐오는 일들을 함께 헤쳐 나간다. 해리의 사랑은 훨씬 더 많은 시련을 겪지만 어떤 역경에도 흔들리지 않는다. 진정한 사랑을 찾았을 때 사람은 그토록 강해진다.

어리던 내 아이들도 쑥쑥 자랐다. 내 아이들의 사춘기에는 또 어떤 설렘과 떨림이 찾아올까. 마음대로 안 되는 관계 때문에 잠 못 들고 괴로워하는 날들도 오겠지. 사랑에 눈뜨기 시작할 내 아이들의 날들을 생각하면 그냥 간질간질 행복해지기도 하고 아릿하기도 하다.

내 아이들의 인생에 부디 좋아하는 마음으로 달려갈 수 있는 날들이, 아무것도 안 보이고 오직 그 사람만 보이는 순간들이 오기를, 그런 순간이 오면 무엇보다 자기 마음에 솔직하기를, 두려움과 걱정보다 설렘과 떨림에 먼저 자신을 맡겨보기를……

타인의 의지대로 사는 삶

해리 포터가 사는 마법 세계에는 '임페리우스'라는 저주 마법이 있다. 고문 저주, 살인 저주와 함께 '용서받지 못할 3대 저주'다. 이 저주는 타인을 '완전한 지배, 완전한 조종' 아래 두기 때문에 이 저주에 걸린 사람은 저주를 건 사람의 의지에 따라 움직인다. 살아 있으되 자기 의지가 아닌, 타인의 의지에 의해 조종당하는 인형 같은 상태가 되어버린다.

볼드모트와 그의 추종자들은 이 임페리우스 저주를 사용해 많은 마법사를 자신들이 원하는 방향으로 조종해서 마법 세계에 끔찍한 혼란과 비극을 일으켰다. 누가 자기 의지대로 행동하고 있는지, 누가 임페리우스 저주에 걸려 있는지 알 수가 없다 보니 결국 주변 사람을 믿을 수 없게 되고, 두려움은 쉽게 퍼져나간다.

임페리우스 저주는 과연 소설에서만 등장할까? 타인의

의지대로 움직이는 존재, 자기의 생각이 없는 존재. 오늘날 얼마나 많은 부모가 자식들을 이렇게 키우고 있는지 돌아보지 않을 수 없다.

— 아무것도 신경쓸 필요 없어. 엄마 아빠가 하라는 대로만 해.
— 다 알아보고 결정한 거니까 걱정 말고 그냥 따라만 와.
— 너는 공부만 열심히 해. 다른 건 엄마 아빠한테 맡겨.

흔하게 듣는 말이다. 부모는 성공이라는 가파른 언덕길로 아이를 몰고 가면서 아이들 일상의 고삐를 직접 그러쥔다. 아이들은 스스로 고민하고 행동할 자유, 좌절하고 실수할 자유가 없다. 모든 조사와 판단은 어른들의 몫이다. 아이들은 어른들이 정해놓은 동선에서 벗어날 틈 없이 하루하루 살아간다.

아이가 사귀는 친구, 입을 옷, 신청할 방과 후 프로그램까지 결정하고, 대학 입학에 더 유리한 경력과 경험을 기획해서 아이들의 학교생활을 촘촘하게 디자인하는 부모도 있다. 부모는 페달을 밟아대고 아이들은 뒤에서 부모 등만 잡는다. 좋은 대학에 들어가면 끝날까? 아니다. 다시 취업을 위한 스펙 쌓기에 들어간다. 그 선두에는 여전히 부모가 있다. 대학에서도 학사 관리를 부모가 하는 학생들이 적지 않단다. 그러니 대학을 졸업하고서도 '엄마, 나 이제 뭐 해?'라고 묻는 젊은이들이 늘어나는 것이다. 그런 부모들은 심지어 자식의 직장생활에도 개입하고 연애와 결혼에도 큰 영향력을 행사한다. 자식은 영원히 철들지 못한다. 부모의 욕망을 대신 살아내는 존재로 떠밀려갈 뿐이다.

큰 결정을 잘 내리기 위해서는 수없이 작은 결정을 스스로 해오면서 판단력과 책임감을 키우고, 그런 과정 속에서 성취감과 자아 존중감을 느끼는 과정들이 필요하다. 내 의지대로 선택을 하고 그 선택에 책임지는 것, 이런 과정을 통해서 나 자신과 세상에 대해서 조금씩 알아간다. 타인의 의지가 나를 끌고 가는 삶, 타인의 욕망을 대신 살아내는 삶에서는 끝내 내가 주인이 될 수 없다. 그런 삶은 불행하고 비극적이다. 더이상 부모가 고삐를 흔들지 않는 순간이 오면 자신의 삶에 대한 깊은 회의와 무력감으로 우울과 중독에 쉽게 빠지기도 한다. 남들이 보기엔 성공의 자리에 있지만 진정한 만족감과 충만함을 느끼지 못하는 삶은 아주 작은 균열로도 한순간 허물어질 만큼 위태롭기 마련이다.

임페리우스 저주를 이겨내는 비결은 스스로 생각하고 의문을 갖는 것이다.

왜 그래야 하지? 의문을 던지는 순간 저주는 조금씩 깨져나간다. 내 정신과 육체를 마음대로 조종하려는 사람에게 '나는 그렇게 하고 싶지 않아' 하고 있는 힘을 다해 저항하는 사람 앞에서는 임페리우스 저주도 무력해진다. 나를 자기 뜻대로 하려는 어른, 내게 어떤 생각을 주입시키려는 언론, 내 선택을 제한하는 규칙들, 내 자유와 의지를 가로막는 일에 대해서 우린 '왜 그래야 하지?' '이게 옳은 일일까?' '나는 정말 이 일을 원하는 걸까?' 하고 물을 수 있어야 한다. 자기 생각, 자기 목소리를 가지고 크는 아이들은 어떤 상황에서도 당당하게 주장하고 끝까지 자기의 생각을 펼쳐가며 부딪치는 일을 두려워하지 않는다. 그 과정을 통해 조금씩 더 나은 판단과 결정을 배워가며 제 삶의 주인으로 단단하게 설 수 있다.

해리는 늘 스스로에게 질문을 던지고 자신의 생각 속에서 실마리를 찾아간다. 어려운 일이 닥치면 론과 헤르미온이라는 소중한 친구들에게 털어놓고 함께 이야기를 나눈다. 이 세 아이는 상상할 수 없이 어렵고 복잡한 일들도 어른에게 의지하지 않고 자신들의 지성과 노력으로 해결해나간다. 이런 모습은 '해리 포터' 주인공들의 가장 큰 특징이다. 닥친 문제를 스스로 해결하려는 의지와 납득되지 않는 일에 던지는 의문, 따를 수 없는 지시에 대한 저항, 그리고 방법을 찾아 행동하는 것, 이 모두가 주인공들의 가장 큰 힘이다. 주인공들의 모습을 통해 모든 아이에게는 본래 자신의 문제를 스스로 해결해나가는 능력이 있음을 알게 된다. 그런 능력이 제대로 잘 드러나게 해주는 일이 어른의 몫이다. 결국 스스로의 의지대로 이 세상을 살아가야 한다. 그러니 어른이 해야 할 일은 아이에게 임페리우스 저주를 거는 것이 아니라, 끊임없이 임페리우스 저주를 걸려고 하는 세상에 의연하게 저항할 수 있는 아이로 키우는 일이다. 의지를 무력하게 하고, 스스로 생각하고 판단하는 능력을 자꾸 없애려 하는 것들에 대해 끊임없이 의심하고 묻고 생각할 수 있어야 어떤 시대가 와도 인간다운 인간으로 남을 수 있다.

존중만이 존재를 피어나게 한다

생명을 살아가게 하고 살아 있게 하는 것은 무엇일까.

사랑, 돌봄, 배려와 모든 것의 시작은 관심이다. 내 마음을 기울이고 나를 기울일 때 존재는 가장 깊은 곳에서부터 저 자신을 피워내기 시작한다.

진심 어린 관심의 힘이 한 존재에게 미치는 영향이 얼마나 큰지, 집요정 크리처에게서 본다.

크리처는 유서 깊은 '순수혈통' '블랙' 가문의 집요정이다.

블랙 가문은 순수혈통 마법사들이 가장 우월한 존재라고 여기며 혼혈 마법사들이나 머글들을 비롯한 다른 생물들을 하찮게 여기고 무시해왔다. 크리처는 자기가 모시는 가문에 긍지와 자부심을 가지고 있다. 그러나 블랙 가문의 시리우스는 이런 집안을 혐오했다. 혈통에 따라 차별을 하는 가족을 증오했다.

살인 누명을 쓰고 오랜 감옥생활을 하다 탈옥한 시리우스가 집으로 돌아갔을 때, 그곳에는 순수혈통만을 찬양했던 가족들의 유산과 그것을 열렬히 따르고 숭배하는 늙은 집요정뿐이었다. 그토록 미워하던 가족이 머물던 곳에 숨어 살아야 했으니 답답하고 힘들었을 것이다.

시리우스의 집이 불사조 기사단의 은신처로 쓰이면서 해리의 친구들과 다양한 사람들이 드나들게 되는데, 크리처는 이들을 블랙 가문을 모욕하는 집단이라며 드러내놓고 증오한다. 게다가 그런 마음을 품는 데 그치는 게 아니고 꼭 입 밖으로 꺼내 시리우스와 다른 사람들을 불쾌하게 한다. 해리도 크리처가 자신과 친구들을 욕하고 모욕할 때마다 분노를 느낀다. 그에게 크리처는 혐오스럽고 이해할 수 없는 못된 생물이었다.

시리우스가 죽은 후에 블랙 가문에 남은 모든 재산과 함께 크리처까지 해리에게 상속되었다. 새 주인이 된 해리는 처음에는 크리처를 함부로 대하지만 마법사들에게 노예 취급을 당하는 집요정들을 연민하는 헤르미온은 크리처의 냉대를 받으면서도 친절하게 대하려고 애쓴다. 그러던 중 볼드모트가 숨겨놓은 것들을 찾기 위해 크리처에게 여러 가지를 묻던 해리는 상상할 수 없는 이야기들을 듣게 된다.

크리처는 시리우스의 동생이지만 집안의 전통에 충실했던 레귤러스를 존경하고 따랐다. 레귤러스도 크리처를 아꼈다. 레귤러스는 볼드모트의 추종자가 되어 크리처에게 볼드모트를 도우라고 명령한다. 크리처는 어둠의 마법을 시험해보는 대상이 되어 끔찍한 고통을 겪은 뒤 주인 곁으로 돌아온다. 볼드모트가 집요정을 언제든 필요한 일에 쓰고 버리는 물건과도 같은 존재로 취급하며 크리처의 고통을 즐기다가 그를 혼자 버려두고 떠났다는 사실에 레귤러스는 충격을 받는다. 그래서 크리처와 함께 볼드모트가 어둠의 마법을 봉인해놓은 곳으로 가 볼드모트의 물건을 바꾸지만, 레귤러스는 결국 저주에 걸려 죽게 된다.

크리처는 주인의 명령이 없으면 아무것도 할 수 없다. 사랑하는 주인이 죽어가는 것을 눈앞에서 보면서도 구하라는 명령이 없었으므로 그저 지켜볼 수밖에 없었다. 그가 남긴 명령대로 집에 혼자 돌아갔으나 사랑하는 아들을 잃고 고통스러워하는 주인마님에게 사실을 말하지도 못한다. 절대로 말하지 말라는 명령이 있었기 때문이다. 충격을 받은 주인마님도 죽고 시리우스까지 감옥에 가버린 텅 빈 집에 크리처는 혼자 남겨졌다. 지독한 슬픔과 고통을 안고서 보살피고 돌봐줄 누구도 없는 고독의 시간을 지낸다. 그 시간을 견디기 위해 그는 혼잣말하는 버릇이 생겼다. 누군가에게 말을 걸고 이야기를 듣고 싶은 간절한 바람을 허공에 대고 자신의 생각을 말하며 자기 목소리를 듣는 것으로 채워가며 그렇게 오랫동안 고립되어 힘겨운 시간들을 견뎌낸다. 해리와 그의 친구들을 향해 중얼거리듯 쏟아내던 욕들은 그가 긴 시간을 홀로 견디면서 찾아낸 유일한 소통의 방법이었을 것이다.

시리우스가 돌아왔을 때, 미워했던 주인이지만 크리처는 그래도 따스한 한마디를 기대했을 것이다. 새 주인을 섬기면서 그에게 도움이 되기를 바랐을 것이다. 그러나 시리우스는 크리처에게 잔인하게 대했다. 무시하고 함부로 했다. 누구의 관심도 못 받고 누구에게도 필요한 존재가 되지 못한 채 오랜 세월을 견뎌온 집요정의 마음에 어떤 고독과 슬픔이 있는지 관심을 기울이지 않았다. 시리우스에게 크리처는 특별히 관심을 기울여야 하는 대상조차 되지 못했다. 그저 자기가 증오하는 가문을 떠올리게 하는 지긋지긋한 존재였을 뿐이다.

집요정은 예민한 감정과 마법사들과는 다른 능력을 가지고 있다. 다만 이 모든 능력은 오로지 집요정이 주인으로 섬기는 사람이 진심으로 요청할 때만 발휘된다. 그러나 마법사들도 볼드모트도 집요정의 감정과 능력에 관심을 기울이지 않았다. 천한 노예처럼 부릴 뿐 자신들도 할 수 없는 특별한 능력들이 있다는 것을 생각하지도 못했다. 오직 현명한 덤블도어만이 집요정들의 특별함을 이해하며 마법사들에게 이들을 존중하라고 권했을 뿐이다. 그러나 시리우스조차 덤블도어의 충고를 귀담아듣지 않았다. 모셔야 하는 주인에게서 인정받지 못하고 관심받지 못하는 것이 크리처에게는 큰 고통이었다. 상처받은 크리처는 시리우스가 위험에 처하게 되는 것에 눈을 감는다. 곁에 있는 존재의 고통과 슬픔을 외면했던 시리우스는 죽음으로 그 대가를 치르게 된다.

억눌리고 차별받는 존재들의 권리에 대해 관심을 기울였던 헤르미온은 크리처가 겪어낸 지극한 고통을 들으며 눈물을 흘린다. 그 모든 슬픔과 고통을 겪어낸 한 존재 앞에서 헤르미온은 진심 어린 연민을 느낀다. 그리고 크리처를 존중해줄 것을 해리에게 부탁한다. 해리는 헤르미온의 말을 듣고 크리처에게 공손하게 부탁하면서 레귤러스의 가짜 목걸이를 선물로 준다. 블랙 가문을 위한 크리처의 희생과 헌신에 대한 고마움도 전한다.

이 일은 크리처를 완전히 변하게 한다. 크리처는 자신의 헌신이 인정받고 그토록 사랑했던 전 주인의 유품을 선사받았다는 사실에 감복한 나머지 그후부터 해리에게 충성을 다한다. 그 변화가 너무 극적이어서 세 아이도 어리둥절할 정도다. 해리와 친구들을 무시하고 마지못해 움직이고 늘 다 들리도록 세 아이를 증오하던 초라한 몰골의 집요정은 해리가 존중과 관심을 가지고 대하는 순간부터, 해리와 그의 친구들을 가장 훌륭한 마법사들로 여기고 따른다. 어둡고 암울했던 블랙 저택을 반짝거릴 정도로 청소하고 늘 걸치던 넝마 같은 천 대신 새하얀 앞치마를 두른 채 세 아이를 보살피는 일에 최선을 다한다. 심지어 지저분하게 내버려두던 흉한 외모마저 깨끗하고 보기 좋게 다듬어 놀랄 만큼 단정한 모습으로 만든다. 이 변화는 세상과 자기 자신조차 포기해버린 한 존재가 마음을 열었을 때 얼마나 놀라운 일이 일어나는지 뭉클하게 보여준다.

크리처는 호그와트에서 벌어진 최후의 전투에서 지하 주방에서 일하던 수백 명의 집요정을 이끌고 죽음을 먹는 자들로부터 자신이 존경하고 따르는 주인을 지키기 위해 용감하게 싸운다.

전투가 끝나고 호그와트는 폐허로 변했지만, 볼드모트가

사라진 세상에서 서로 힘을 합했던 마법사들과 켄타우로스와 거인들 사이에서 집요정들도 당당하게 앉아 승리의 기쁨을 함께 누린다. 이 마지막 장면은 앞으로 펼쳐질 세상에서 집요정들도 마법 세계의 일원으로 존중받으며 살아갈 것임을 암시하고 있다.

모든 존재는 관심을 원한다. 논에 심어져 있는 벼들도 농부의 발소리를 듣고 자라는 법이다. 존중해주고 인정해주며 진심 어린 관심을 기울이면 그 사람 안에서 가장 빛나고 아름다운 무엇이 펼쳐지기 시작한다. 그때 세상의 한곳은 새롭게 반짝인다.

무시해도 되는 존재는 없다. 한 존재의 내면에 얼마나 아름답고 고귀한 것이 있는지 알 수 없다. 얼마나 지극한 고통과 슬픔을 통과해왔는지 그 존재를 진심으로 존중하고 관심을 기울일 때 알게 된다. 오만했던 볼드모트는 자신의 힘만 믿고 마법 생물들은 하찮게 여겼지만 해리는 켄타우로스, 유령과 '혼혈' 친구들 등 곁에 있는 모든 존재에게 지혜를 구했고 그들은 해리가 가장 위급할 때 나타나 도움으로써 해리의 마음에 보답했다.

나를 알아주고 인정해주고 존중하는 사람에게 마음이 열

린다. 감사와 보람, 기쁨으로 가득 찬 존재의 힘은 우리의 상상을 넘어선다.

내 곁에 있는 사람들, 나에게 다가오는 존재들을 꽃으로 불러본다. 한 존재가 의미 없는 몸짓이었다가 꽃으로 피어나는 순간이야말로 진정한 마법이다.

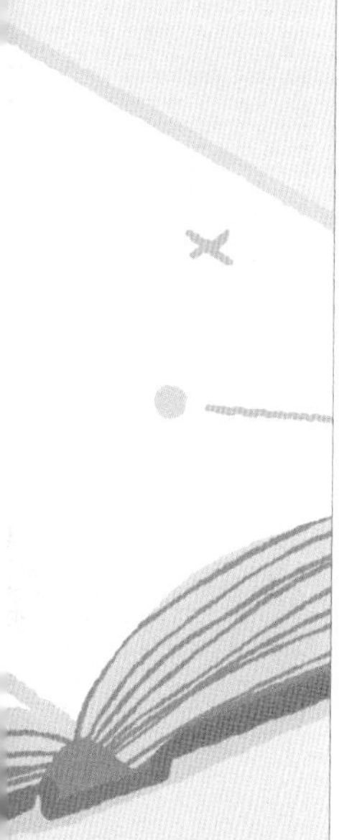

3부
우리는 모두 마법사다

헤르미온이라는 멘토

헤르미온은 한마디로 정말 끝내준다.

어쩌면 저렇게 똑똑하고 아는 게 많을까. 위험한 상황에서도 침착하고 용기 있을 뿐만 아니라 앞으로 펼쳐질 상황을 미리 예상하고 준비하는 철저함까지 갖췄다. 게다가 생각과 행동은 또 얼마나 어른스러운지……

제일 맘에 드는 점은 미모를 무기로 삼지 않는다는 것이다. 남자들의 보호와 도움을 바라지도 않는다. 그가 관심 있는 것은 배움을 통해 스스로 힘을 쌓는 일이다. 언제나 어디서나 헤르미온은 자신의 목표를 위해 누구보다 많은 노력을 기울이며 최선을 다한다.

물론 그도 완벽한 사람일 리는 없다. 신입생 시절엔 외모만 번지르르한 사기꾼 교수에게 마음을 빼앗기기도 하고, 다른 학생들이 어울리기를 꺼려 하는 루나에게 똑같은 편견을 드러내기도 한다. 자기가 알고 있는 것이 옳다는 확신이 너무 커서 직접 읽은 것, 공부한 것이 아닌 내용들은 쉽게 인정하지 않는다. 성적과 점수에 대한 집착과 걱정이 너무 큰 나머지 최고의 실력을 갖추고 있으면서도 시험을 망칠까 봐 전전긍긍하기도 한다. 누구보다 뛰어나지만 어떤 면들은 우리와 비슷하기도 해서 친근한 매력이 있다. 그럼에도 공부를 잘하는 모범생 캐릭터들이 전형적으로 가지고 있는 특징들—이를테면 몸이 허약하거나 겁이 많고, 현실감각이 둔하거나 공부를 제외한 일상엔 아주 서툴고 꽉 막혀 있으며 공부 외의 다른 것엔 무지하고 관심이 없는 것 등—과는 거리가 멀다. 성적과 점수를 중요하게 여기지만 약한 존재의 권리에 민감하며, 위험한 일에도 망설임 없이 뛰어들고, 나쁜 권력에 맞서 싸우고, 위급한 상황에서도 침착하게 문제들을 해결해나간다.

그의 배움을 향한 노력은 압도적으로 우월한 지적 능력의 발휘로 결실을 맺는다. 방대하고 다양한 분야에 대한 지식으로 무장한 헤르미온은 필요한 순간, 필요한 지식으로 모두를 위험에서 구해낸다.

헤르미온의 지식은 언제나 현실에 닿아 있다. 그가 알고자 하는 것들은 죽은 지식이 아니라 지금 당장 이곳의 문제

를 해결할 수 있는 지식이다. 다양한 지식을 연결해서 상황을 이해하고 파악하는 능력을 키워온 헤르미온은 그런 힘으로 자기 자신에 대한 이해도 깊다. 자신의 지식과 판단에 대한 단단한 신뢰는 어떤 상황에서도 흔들리지 않고 지혜를 발휘할 수 있게 한다.

자기 자신을 잘 알고 신뢰하는 사람은 다른 사람들의 관계와 감정을 이해하는 면도 탁월하다. 이 모든 것은 그가 해리와 론보다 훨씬 성숙한 사고와 행동을 하게 한다. 지성으로 단단한 인격을 쌓아올린 헤르미온은 자기를 비열하게 놀리는 말들에도 차갑게 무시할 뿐 흔들리지 않는다.

그렇게 똑똑한 헤르미온이 늘 왜 그렇게 모르냐고, 책 좀 읽고 공부 좀 하라고 타박하던 론과 연인이 되는 것은 참 흥미롭다. 게으르고, 공부를 지겨워하고, 장난을 즐기며, 열등감도 많은 데다 상대방의 마음은커녕 자기 마음 안에서 일어나는 일에도 둔감한 론을 답답해하면서도 그는 론을 사랑하게 된다. 늘 함께여서 너무 잘 아는 사이라 설마 사랑하게 될 줄 몰랐던 론도 헤르미온과 지내는 동안 잠재되어 있던 지성이 발전되어 나중에는 놀랄 만큼 뛰어난 추리로 중요한 일을 해결하기도 하는 걸 보면, 그 둘은 서로의 빈곳을 채워주고 나은 점은 더 발전시켜주는 훌륭한 한

쌍이 분명하다.

헤르미온은 냉철한 판단과 재빠른 상황 파악 능력을 발휘해, 세 주인공 중 가장 뛰어나게 위기에 대처한다. 규칙을 어기는 한이 있어도 필요할 땐 친구를 보호할 줄 알고, 참을 수 없이 비열한 사람에게는 주먹을 날리는 배짱도 있다. 쉽게 좌절하거나 불평하지도 않는다. 다만 지금 눈앞의 이 일을 어떻게 해결할지에 집중하며 스스로 쌓아온 지성의 힘으로 멋지게 헤쳐나간다.

외모를 가꾸는 일보다 내게 닥쳐올 일들을 해결할 수 있는 실질적인 지식과 능력을 쌓는 일이 더 중요하다는 것을 헤르미온은 보여주었고, 전 세계의 소녀 팬들은 이 메시지를 열광적으로 받아들였다. 남자 주인공을 이끌어가는 캐릭터, 자기 삶을 용기 있게 꾸리는 캐릭터는 현대를 살아가는 수많은 소녀에게 매력적인 멘토로 자리잡았다.

헤르미온을 연기한 배우 엠마 왓슨 역시 책 읽기와 학교 공부를 좋아하는 모범생이었다. 그는 인기나 유명세보다 배우는 일을 사랑한 소녀였다. 첫 시리즈만으로 세계적인 스타가 되었음에도, 이후 10년에 걸쳐 성인이 될 때까지 헤르미온을 연기하면서 그는 팬들의 기대를 벗어나는 일이 없었다. 어린 나이에 많은 것을 이룬 아역 배우들이 자신에게 쏟아지는 인기와 관심, 부를 감당하지 못하고 망가져갔던 것을 생각하면 10년에 걸친 시리즈 전편을 통해 어린 헤르미온에서 성숙하고 어른스러운 헤르미온이 되기까지의 모습을 보여준 그의 성장은 그 자체로 감동이 크다. '해리 포터' 시리즈가 완결된 이후에도 엠마 왓슨은 여성의 인권과 권위를 향상하는 일에 앞장서며 여전히 사랑받는 배우로 활동하고 있다.

그는 한 인터뷰에서 "늘 헤르미온을 생각했다"고 고백했다. 언제나 공부하고 준비하는 헤르미온, 지성을 쌓는 일에 게으르지 않았던 그 역에 부끄럽지 않게 자신 역시 노력하게 되었노라고 말이다. 10년 동안 헤르미온을 연기하면서 헤르미온의 특징이라고 불리는 장점들을 자기 것으로 하고자 노력해왔던 것이 그를 훌륭한 배우를 넘어 한 사람의 성숙한 어른으로 자랄 수 있도록 이끌어주었다.

지금 이 순간에도 여러 매체에서는 여자들에게 더 젊어지고 더 예뻐지라고 주문을 건다. 아름다운 것이 권력이라는 이 강력한 주문에서 깨어나기는 쉽지 않다. 하지만 헤르미온이라면 이렇게 말할 것이다.

예쁜 것보다 현명한 것이 멋있어. 날씬한 것보다 살아가는 능력을 갖추는 것이 더 근사해. 내면을 키우는 노력은 사라지지 않아. 외모 대신 나의 능력에 더 많은 투자를 할 거야. 오직 뛰어난 지성의 힘만이 우리로 하여금 세상을 더 멋지게 살아갈 수 있게 할 거야……라고.

'순수'를 의심하다

'순수하다'라는 말을 사전에서 검색해보면 "전혀 다른 것의 섞임이 없다"는 뜻이다. 불순물이 섞이지 않은, 맑고 깨끗한, 오염되지 않은 등의 설명이 뒤를 잇는다. 그래서 사람들은 '순수하다'라는 말을 좋은 뜻으로 받아들인다. 어린아이의 웃음과 깊은 숲속을 흐르는 시냇물 등을 떠올리면 '순수하다'라는 표현이 자연스럽게 이어진다. 그러나 '순수혈통' '순수인종'이란 표현은 어떤가. 똑같은 말이지만 그 뒤에 어떤 말이 붙는가에 따라 '순수'라는 말은 지극히 두렵고 폭력적이고 무시무시한 뜻이 되기도 한다.

'해리 포터' 소설을 이루고 있는 가장 큰 축이 바로 '순수혈통'이 우월하다고 믿는 세력과 그에 반대하는 세력 간의 갈등이다.

볼드모트를 비롯해 그의 추종자들은 마법사 부모 밑에서 태어난 '순수혈통'과 인간과 마법사 사이에 태어난 '혼혈'을 구분하고 가른다. 순수혈통 마법사들이 가장 우월한 존재이며 그들이 혼혈 마법사들과 인간들까지 지배해야 한다고 생각한다. 그래서 순수혈통 가문에서 태어난 슬리데린 기숙사의 드레이코 말포이는 부모가 머글이지만 마법 능력이 있어 호그와트에 들어온 헤르미온을 사사건건 무시하며 비웃는다. 엄마가 거인인 해그리드도 마찬가지 취급을 한다.

볼드모트가 다시 부활하고 그의 추종자들이 힘을 얻어가는 소설의 후반부에 이르면 이 갈등은 노골적으로 전면에 등장해 마법 세계를 흔들어놓는다. 다양한 마법 생물들의 공존을 중요시했던 호그와트의 교장 덤블도어가 죽고 마법 세계에서 가장 높은 기관인 마법부마저 볼드모트의 추종자들인 죽음을 먹는 자들이 점령하면서 그들은 제일 먼저 순수혈통과 혼혈을 구분하는 정책을 시행한다. 혼혈 출신 마법사들을 청문회에 세워 그들의 출신을 따지지만 사실은 그저 형식일 뿐 그들을 모두 불법으로 마법 능력을 훔쳐 마법사 행세를 한 범죄자로 몬다. 결국 그들은 직장에서 쫓겨나고 아즈카반으로 끌려가는 등 갖은 고초를 당한다. 제일 고약한 것은 마법 지팡이를 빼앗는 것이다. 마법사가 마법 지팡이를 빼앗기는 것은 팔다리를 잃는 것과 같다. 마법 세계에서 마법을 부릴 수 없다면 온전하게 살아갈 수 없음은 당연하다. 그 과정에서 많은 혼혈 마법사가 삶의 터전을 잃고 가족이 뿔뿔이 흩어지는 고통을 당한다. 생계가 끊긴 혼혈 마법사들은 빈곤 속에 떨어져 마법사들의 거리인 다이애건 앨리에서 구걸로 연명을 하는 비참한 삶을 살게 된다.

영화 초반, 해리가 해그리드의 안내로 다이애건 앨리에 처음 발을 들였을 때, 수없이 다양한 마법사가 오가는 활기 넘치고 화려한 거리의 풍경은 매혹적이었다. 그러나 영화 후반, 볼드모트가 지배하면서 대부분의 가게들이 문을 닫아 황량해진 다이애건 앨리는 혼혈 마법사들을 잡아들이는 마법사 깡패들이 행인들을 위협하는 어둡고 무서운 곳이 되고 만다. 그토록 알록달록 화려하게 반짝이던 거리가 잿빛이 되어버린 모습은 다양성과 자유가 사라진 마법 세계의 암울한 현실을 가장 극적으로 보여주었다.

아이러니하게도 볼드모트야말로 혼혈 출신이다. 일반인이었던 아버지와 마법사 어머니 사이에서 태어난 그는 호그와트 학생 시절에 어머니를 버린 머글 아버지에 대한 진실을 알게 되었고, 바로 그를 찾아가 살인 저주를 날려버린다. 존귀한 마법사의 혈통을 더럽힌 엄마에 대한 분노, 머글 아버지에 대한 증오심으로 그는 혈통의 비밀을 감추고 순수혈통 마법사들을 부추겨 마법 세계를 분열시킨다. 추종자들을 불러모으는 데 순수혈통을 강조하는 것만큼 효과적인 전략은 없다. 개인의 능력이 아니라 타고난 출신 자체가 우월하다는 생각, 우월한 혈통이 열등한 혈통을 지배해야 한다는 생각이야말로 가장 빠르게 열광적인 호응을 일으키며 해당 세력을 강하게 결집시키기 때문이다. 이 점을 잘 알았던 인물이 히틀러였다.

그러나 모든 마법사가 순혈주의에 찬성한 건 아니었다. 순수혈통이라고 인정받는 마법사들 사이에서도 이런 극단적인 사상에 반대하는 이들이 적지 않았다. 해리와 친구들과 더불어 그들 또한 힘을 모아 볼드모트와 추종자들에게 저항하며 마법 세계의 다양성과 자유를 위한 투쟁을 시작한다. 마침내 소설의 대단원, 호그와트에서 대전투가 벌어졌을 때 순혈주의에 반대하는 마법사들뿐만 아니라 켄타우로스들과 집요정과 해그리드의 거인 동생 등 순수혈통 마법사들에 의해 무시당하고 차별받던 모든 마법 생물들이 함께 힘을 합해 볼드모트 세력을 물리치는 장면은 다양한 인종의 사람들이 어울려 살아가는 세상에 대한 은유일 것이다.

우리 사회에서 이주 노동자, 조선족, 다문화 가족, 귀화인, 난민과 새터민 등 다양한 환경 속에서 살아온 사람들이 한데 어울려 살아간다. 사회가 안정되고 평화로울 때는 다양성에 대한 관대함도 함께 커진다. 그러나 내 일상이 불안해지면 본능적으로 익숙한 것과 낯선 것, '우리'와 '그들'을 구분하는 것으로 안전을 확보하려 한다. 익숙한 우리끼리 뭉쳐 낯선 그들을 배제하고 싶어한다. 그러나 묻고 싶다. 어디까지가 '우리'이고 어디부터가 '그들'인가. 그 기준은 누가 정하며 그 기준은 과연 옳은가. 구분하고 배제한다고 우리의 삶이 과연 안전해지는가. 어떤 대상에 대해 순수를 느끼는 것은 개인의 자유일 수 있지만 '순수한 국민' '순수한 당원' '순수한 학생' '순수한 여성' 등 우리의 정체성을 이루는 많은 것에 대하여 '순수'를 확인하고 증명하려는 시도는 언제든 분열과 차별, 끔찍한 폭력이 될 수 있다.

모두가 더불어 같이 살아간다. 세상의 아름다움은 그 속에서 피어난다.

권력을 묻는다

'완장'이란 말이 있다. 자격이나 계급을 나타내기 위해서 만들어 차는 팔띠를 가리킨다. 완장 자체는 그저 물건에 지나지 않지만 어리석은 사람일수록 완장을 차는 순간 달라진다. 완장이 나타내는 권력과 자기 자신을 동일시하기 때문이다.

윤흥길 작가의 소설 『완장』은 팔에 완장을 차고 저수지 감시원 일을 하게 된 주인공이 권력에 취해 변해가는 과정을 보여준다. 진짜로 두려운 것은 완장 뒤에 숨어 완장 찬 자들을 움직이는 세력이지만, 어리석은 사람들은 작은 팔띠 하나에 휘둘려 자신이 허수아비인 줄도 모르고 빠져든다. 거부하기 어려운 권력의 유혹과 그 권력에 휘둘리는 인간의 어리석음이 서늘하게 드러나 있는 소설이다.

'해리 포터' 소설 속에서 완장은 배지다.

호그와트 마법학교는 5학년이 되면 기숙사별로 남학생 한 명, 여학생 한 명을 반장으로 뽑아 배지를 달아준다. 반장들은 학생회장을 도와 학생들을 관리하고 감독하며 규칙을 어긴 학생들에게 점수를 깎거나 벌을 줄 수 있다.

론의 형 퍼시는 그리핀도르의 반장이었다가 나중에 학생회장까지 되는데, 반장 배지와 학생 회장 배지를 몹시 자랑스러워하며 애지중지한다. 학교에서는 언제나 웃옷의 제일 잘 보이는 곳에 배지를 달고 으스대며 다닌다. 론은 형의 이런 태도를 비웃지만 5학년에 올라가 반장이 되자 자기를 괴롭히던 학생들의 잘못을 잡아내어 감점할 기회만 호시탐탐 노린다.

같이 반장이 된 헤르미온이 권한을 남용해선 안 된다고 충고하지만 론은 귀담아듣지 않는다. 그동안 그렇게 많이 당했으니 걸리기만 해봐라 하는 마음이다.

한편 슬리데린의 반장이 된 드레이코 말포이는 완장을 차고 폭주하는 권력의 하수인이 어떤 모습인지를 적나라하게 보여준다. 말포이는 반장이 되자마자 거들먹거리며 해리에게 언제든 잘못하면 방과 후에 나머지 공부를 시키겠다고 협박을 한다. 그는 눈엣가시 같던 존재에게 벌을 줄 수 있는 권한을 갖게 되자 기뻐서 어쩔 줄 모른다. 말포이의 폭주는 마법부 차관 엄브릿지 교수가 호그와트 장학사로 오게 되면서 날개를 단다.

슬리데린 출신인 엄브릿지는 슬리데린의 반장을 맡은 말포이를 포함해서 그의 친구 몇 명을 감사위원회 위원으로 선발한다. 이 위원회 위원은 학생들을 밀착 감시해서 수상한 행동을 보고하고 점수를 깎을 수 있다. 기숙사 반장들끼리는 서로 점수를 깎을 수 없다는 조항마저 감사위원회 위원들에게는 적용되지 않는다. 학생이라면 누구라도 감점을 할 수 있는 막강한 권한을 준 것이다. 같은 반장인 헤르미온은 말포이의 점수를 깎을 수 없지만 말포이는 감사위원의 권한으로 눈엣가시같이 여기던 해리와 그의 친구들 점수를 깎는데, 이유가 참으로 기가 막히다.

헤르미온이 엄브릿지 교수를 모욕했다고 5점, 맥밀런이란 학생이 자기에게 말대꾸 했다고 10점, 해리는 그냥 자기 마음에 안 든다고 5점, 심지어 헤르미온은 '혼혈 잡종'이기 때문에 10점을 깎는 등 그야말로 자기 맘대로다. 엄브릿지는 이런 활동을 격려하며 점수까지 올려주니 말포이는 제 세상을 만난 것처럼 신이 난다.

권력이란 참으로 무섭다. 작든 크든 권력은 쾌감을 준다.

내 말이 상대를 움직일 때, 내 말에 상대가 굴복할 때의 짜릿한 쾌감은 사람을 쉽게 마비시킨다. 더구나 누군가를 미워하고 괴롭히던 사람에게 이런 권력이 주어진다면 더욱더 쉽게 권력의 노예가 된다.

『완장』의 주인공은 겨우 작은 저수지 하나 감시하는 자리에 앉아서 온 마을 사람 위에 군림하며 위세를 떨친다. 그 자리가 언제까지나 제 것일 것처럼 거들먹거린다. 마침내 가뭄이 오고 저수지 물을 빼서 저수지를 감시할 일 자체가 사라지자 그는 자기가 누리던 권력의 허무함을 깨닫는다.

내게 주어진 권력의 책임을 제대로 이해하는 건 어렵지만 그 자리에서 내가 부릴 수 있는 힘을 알아보는 건 참 쉽다. 세상의 많은 비극은 이 간극에서 온다.

마법부를 등에 업고 폭주하던 엄브릿지와 그녀의 하수인으로 대장놀이를 하던 말포이 모두 곧 참담한 시련을 겪게 된다. 잘못된 권력은 언제든 그 대가를 치르기 마련이다.

힘이 있다는 것, 누군가에게 영향을 미칠 수 있는 자리에 있다는 것은 두려운 일이다. 그래서 지혜로운 사람은 부여받은 권력의 책임을 먼저 생각한다. 그들은 권력이란 잠시 온 것이며 언젠가는 지나간다는 것을 안다. 다만 그 자리에 있을 때 이 권력을 통해 해야 하는 일들을 올바르게 완수하는 일에 마음을 다한다.

덤블도어는 해리에게 권력을 갖기에 가장 합당한 사람은 한 번도 권력을 추구해본 적이 없는 사람일 거라고 말한다. 상황 때문에 지휘자의 역할을 떠맡게 되고 의무감 때문에 어쩔 수 없이 권력자의 옷을 입게 되지만 놀랍게도 그것이 잘 어울린다는 사실을 알게 되는 사람들, 그런 사람만이 진정한 권력을 누릴 자격이 있다고 말이다. 살아오는 동안 어떤 권력도 가져보지 못했던 해리였기에 마법 세계를 구해야 하는 막중한 책임을 맡고도 그 자리가 주는 유혹에 빠지지 않을 수 있었다.

세상 어디에서나 수없이 다양한 권력이 작용한다. 권력을 가질 만한 자격이 있는 사람에게 그 힘을 주는 일, 그 권력이 잘 사용되고 있는지 계속 살피는 일도 중요하지만 삶 속에서 우리에게 주어진 권력을 잘 쓰고 있는지 스스로에게 쉼 없이 물어야 한다.

누구나 기대어 울 어깨가 필요하다

지금은 시대에 뒤떨어진 표현이지만 남자는 태어나서 딱 세 번 운다는 말이 있다. 눈물은 나약함의 상징이고, 때문에 남자라면 눈물을 흘려서는 안 된다는 사회적, 문화적 압력은 최근까지도 힘이 셌다. 똑같이 울어도 남자아이들이 더 크게 야단을 맞았다. 그러나 살다 보면 알게 된다. 우는 사람보다 울지 못하는 사람이 더 많이 아프다. 울 줄 모르는 사람이 더 힘들다. 맘놓고 울 수 있는 사람이 곁에 있는 삶이라야 우리는 살 수 있다.

말포이는 해리의 동급생으로 슬리데린 기숙사 학생이다. 말포이의 아버지 루시우스는 마법 세계에서 가장 부자인 권력자다. 볼드모트가 세상을 지배할 때 그 편에 서서 나쁜 짓을 일삼다가 볼드모트가 사라지자 마치 피해자인 척 다시 반대쪽으로 슬그머니 돌아선 비겁한 사람이다. 심지어 볼드모트가 부활하자 다시 그쪽에 붙는다. 루시우스는 자신들이 순수한 마법사 가문의 후손이라는 것에 가장 큰 긍지를 가지고 있다. 순수혈통이 더 귀하고 혼혈들은 순수혈통의 지배를 받거나 사라져야 된다고 믿는다. 순수혈통이 아닌 자들에게 경멸과 무시, 학대를 일삼는다. 순수혈통이면서도 머글들에 호의적인 위즐리 부부도 루시우스의 조롱을 피할 수 없다. 루시우스는 특히 위즐리 부부의 궁핍함을 조롱하는데, 이런 행동을 어린 말포이가 그대로 따라 한다. 돈 많고 힘 있는 부모를 만난 덕에 누리는 부유함을 뻐기며 자기보다 가난하거나 힘 없는 부모를 가진 아이들에게 함부로 한다. 또 말포이는 볼드모트를 물리쳤다는 유명세를 누리는 해리에게도 적개심을 품는다. 자기처럼 신분이 높은 아이와 친하게 지내는 것이 좋을 거라며 내민 손을 해리가 거부했기 때문이다. 감히 자기의 배려를 거절하다니. 해리에게 자존심이 상한 말포이는 사사건건 해리를 괴롭히고 누르기 위해 온갖 짓을 일삼는다.

그러나 부모를 믿고 약한 학생들을 마음껏 조롱하고 괴롭히던 말포이의 삶은 볼드모트의 힘이 부활하면서 복잡해진다. 루시우스가 몇 번의 큰 실수로 볼드모트의 분노를 샀고, 이 때문에 볼드모트가 덤블도어를 없애는 일을 아들 말포이에게 맡겼기 때문이다. 성공시키지 못하면 말포이도 그의 부모도 무사하지 못할 것이다. 사람을 죽이는 일, 그것도 모든 마법사들의 존경을 받는 위대한 마법사이자 학교 교장인 덤블도어를 죽이는 일이다. 마법 능력으로도 경험으로도 말포이는 자신이 결코 덤블도어의 적수가 되지 못한다는 것을 잘 안다. 하지만 볼드모트의 명령을 거부할 수도, 도망칠 수도 없다. 그는 말할 수 없는 두려움과 고통에 빠지고 만다. 사람을 죽이는 일은 마법 세계에서도 최악의 범죄다. 살인을 저지른 사람은 영혼이 손상되고 살아 있다 하더라도 불완전한 존재가 된다. 그것을 견디려면 정말 악독하고 사악한 마음이어야 한다. 그러나 말포이는 그런 사악함과 잔인함을 내면에서 이끌어낼 수가 없다. 그러기엔 겁이 많고 두려움이 너무 크다. 아버지의 권력을 믿고 허세를 부리며 살아왔지만 누구를 죽일 만큼 악한 존재는 아니었다. 볼드모트는 그의 심성으로 감당할 수 없는 일을 맡겼다. 성공하지 못하면 죽어야 한다.

감당할 수 없는 일을 해내야 할 때 인간은 큰 고통에 빠진다. 어떻게 해도 이끌어낼 수 없는 감정을 요구당할 때 인간은 분열될 수밖에 없다. 말포이는 해리처럼 론이나 헤르미온갖이 모든 것을 다 털어놓고 의논하고 도움을 받고 함께 해나가는 친구도 없다. 많은 것을 가지고 있는 줄 알았지만 정작 가장 힘들 때 마음을 나누고 의지할 친구 하나 없는 삶이었다는 것을 말포이는 그제야 비로소 깨닫는다. 어려움을 나눌 대상조차 없는 고독 속에서 말포이는 점점 말을 잃어간다. 말포이가 뭔가를 꾸미고 있다는 것을 눈치챘지만 그것이 정확히 무엇인지 알 수 없는 해리는 우연히 자기를 찾아온 머틀에게서 놀라운 이야기를 듣는다.

모닝 머틀. 오래전 호그와트 학생이었을 때 친구들에게 괴롭힘을 당해 혼자 화장실에 숨어서 울다가 끔찍한 사고로 죽은 불쌍한 아이다. 머틀은 유령이 되어 자기가 죽은 화장실에서 지내는데, 여전히 학생들에게 놀림을 당한다. 살아서나 죽어서나 누구에게도 진심 어린 관심을 받을 수 없었던 머틀이었다. 그런데 말포이가 그런 머틀을 찾아와 자기 감정을 솔직히 드러내며 울었다는 것이다. 인간이 가장 약해지는 순간은 혼자라고 느낄 때다. 누구도 나를 도울 수 없다고, 이해할 수 없다고 느낄 때 인간은 한없이 외롭고 약해진다. 그런 마음으로 말포이가 찾아낸 대상이 모닝 머틀이었다. 살아서도 죽어서도 사람들이 피하고 놀리는 이 앞에서야 자신의 모든 것을 내놓고 울 수 있었던 말포이의 마음을 생각하면 마음이 짠하다.

누구에게나 기대어 울 어깨가 필요하다. 사람은 내 아픔을 말하고, 그것을 들어주는 사람이 있어야 견딜 수 있다. 그 한 명이 없어서, 그 한 명을 만나지 못해서 많은 사람이 망가지거나 세상을 떠나기도 한다. 그토록 넓은 호그와트 어디에서도 말포이는 맘놓고 울 수 없었다. 대단한 권력을 누렸으면서도 그 곁에는 마음을 이해해주는 친구 하나 없었다. 오로지 외면과 무관심 속에서 비참하게 죽어간 유령 앞에서 속마음을 꺼내놓으며 울 수 있었을 뿐이다. 머틀마저 없었다면 말포이는 어떻게 되었을까.

견딜 수 없는 감정으로 꽉 차 있는 상태란 매우 위태롭다. 그런 상태는 자신도 타인도 위험에 빠뜨릴 수 있다. 그럴 때 울 수 있다면 안심이다. 소리내어 울고 나면 터질 듯 일렁이던 감정들도 잦아든다. 눈물과 함께 극도의 스트레스도 해소가 된다. 운다고 일이 해결되진 않지만 적어도 감정들을 비우고 나를 다시 돌아볼 수 있다.

결국 말포이는 덤블도어를 죽이지 못한다. 이후 해리를 볼드모트 앞에 세울 수 있었던 몇 번의 기회도 외면하고 밀고하지 않았다. 그토록 미워하고 넘어서고 싶었던 존재였지만 그렇다고 그를 죽일 만큼 모질지는 못했다. 스스로의 약함을 본 인간, 다른 사람 앞에서 눈물을 흘리며 무너질 수 있는 사람은 결코 악당이 될 수 없다. 그의 눈물이, 울 수 있는 마음이 말포이를 구원했다.

삶이 힘들고 외로웠을 때 내게 어깨를 내어주었던 이들을 떠올린다. 살아가는 동안 나도 누군가가 기대어 울 수 있는 사람이고 싶다.

있는 그대로의 나를 보는 일

'열등감'이란 남보다 못하다는 감정이다. 남들보다 뒤떨어지고, 부족하고, 모자란 기분. 그렇기에 마음을 힘들게 하고 관계를 어렵게 하는, 극복하기 참 어려운 감정이다. 해리와 헤르미온 사이에서 론은 늘 열등감을 느낀다. 해리는 부모가 없지만 마법사 부모가 물려준 넉넉한 재산이 있어 학교생활에 아무런 불편함이 없다. 게다가 한 살 때 볼드모트를 물리친, 마법 세계의 전설적인 인물이다. 어딜 가나 주목을 받는 학생이다. 헤르미온은 천재다. 성적도 마법 능력도 따라올 사람이 없다. 압도적으로 뛰어난 지적 능력 앞에서 론은 늘 비굴해진다. 어려운 숙제와 공부를 따라가려면 헤르미온의 도움을 받지 않을 수 없다.

지긋지긋한 열등감은 가족 안에서도 론을 괴롭힌다. 다섯이나 되는 형은 하나같이 똑똑하거나 뛰어나거나 인기가 있다. 막내인 지니는 여섯 아들 다음에 태어난 외동딸로 부모의 애정을 독차지하는 것 같아 보인다. 자기만 내세울 게 딱히 없는 것 같다. 게다가 론이 쓰는 모든 물건은 형들이 쓰다가 물려준 것들이다. 지팡이도, 교복도 모두 낡았다. 번듯한 새 물건을 쓰는 친구들 사이에서 형들에게 물려받은 것을 써야 하는 것이 가난한 집 막내의 운명이다.

그러나 론이야말로 우리와 가장 가까운 인물이다. 평범하게 게으르고, 어렵거나 힘든 일은 질색이고, 먹는 것을 좋아하고, 요행을 바라고, 돈을 많이 벌고 싶어한다. 웃긴 말도 잘하고, 엉뚱한 소리도 잘하는 론은 심각하거나 위급한 상황에서도 숨 쉴 수 있는 틈을 만들어내는 역할을 한다. 언뜻 대단할 것 없어 보이지만 이런 능력이야말로 세 아이 간의 절묘한 균형을 이루게 한다. 자신의 운명에 짓눌려 사는 해리와 너무나 많은 공부에 싸여서 사는 헤르미온은 론 덕분에 한번 웃게 되고, 긴장이 풀린다. 고마운 친구가 아닐 수 없다. 론의 단순함, 부모의 사랑을 받으며 큰 아이다운 응석, 장난스럽고 어수룩하지만 따뜻한 마음은 해리와 헤르미온에게 반드시 필요한 것이었다. 론의 둔함과 단순함에 자주 화를 내긴 했지만 헤르미온은 시간이 갈수록 론을 좋아하게 된다. 어떤 독자들은 해리와 헤르미온이 커플이 되지 않아 서운해하지만 내가 헤르미온이라도 당연히 론이다. 심각한 아이와 복잡한 아이가 커플이 되면 서로 힘들지도 모른다. 헤르미온과 론은 서로의 부족한 부분을 훌륭하게 채워주는 멋진 커플이다.

론의 진짜 시련은 덤블도어가 죽고 마법부가 무너진 후 볼드모트를 없앨 방법을 찾기 위해 세 친구가 여정을 떠났을 때 찾아온다. 모든 것을 뒤로하며 단단히 각오를 하고 떠난 모험이지만 하루하루가 너무 힘들다. 그 와중에 부상까지 입는다. 몸이 아프니 마음도 피폐해진다. 위험하고 불안한 날들, 불편한 잠자리, 며칠씩 음식다운 음식을 먹기도 힘든 상황이 이어지는 중에 헤르미온이 해리와 친밀하게 지내는 것 같다고 오해한 론은 마침내 참지 못하고 폭발한다. 믿고 의지하고 따라왔지만 이렇다 할 성과를 내지 못하는 해리를 비난하며, 론은 자신을 붙잡는 헤르미온을 두고 떠나버린다. 세 친구에게 찾아온 최고의 시련이었다. 그러나 론은 떠난 그 순간부터 후회를 한다. 몇 주 동안 해리와 헤르미온이 있을 곳을 찾아 돌아오기 위해 애쓴다. 그리고 마침내 해리가 큰 위험에 처한 순간 나타나 해리를 구한다. 다시 나타난 론에겐 사악한 물건을 파괴할 수 있는 그리핀도르의 칼이 있었다. 해리는 론에게 볼드모트의 영혼 일부가 깃든 그 물건을 파괴할 것을 권한다. 론은 망설이지만 칼을 들고 선다. 마침내 볼드모트의 영혼이 담긴 목걸이가 열리고 볼드모트의 목소리가 들린다. 그 목소리는 론의 가장 치명적인 약점을 건드리며 열등감을 자극한다. 언제나 해리에게 밀리는 영원한 2인자, 연인에게마저 버림받을 운명, 형과 여동생 때문에 부모의 사랑을 가장 덜 받은 존재, 부모조차 론보다 해리를 더 사랑한다는 악마의 속삭임이 이어지는 동안 론은 겁에 질린다. 해리는 어서 칼로 그 목걸이를 내리치라고 외치지만 론은 그 자리에서 굳어버린다. 숱한 날들 동안 론을 괴롭혔던 모든 감정을 볼드모트는 환영 속에서 론에게 보여준다. 마침내 환영 속에 나타난 헤르미온의 형상이 해리의 형상과 얽혀 입을 맞추는 모습에 이르렀을 때, 론은 칼을 휘둘러 자신을 괴롭혀온 그 많은 망상과 열등감의 한가운데를 내리쳐버린다. 목걸이는 깨어지고 환상은 사라진다. 론은 풀썩 주저앉아 눈물을 닦는다. 그 짧은 시간 동안 론이 겪었을 극심한 마음의 고통을 해리는 말없이 안아주는 것으로 다독인다.

그러지 마, 그러니까 내가 멋진 사람 같잖아.

네가 얼마나 멋진 사람인지 나는 몇 년 동안이나 너에게 알려주려고 애썼어.

다시 얼싸안은 론은 그제야 알게 된다. 이미 처음부터 있는 그대로 자신은 해리와 헤르미온에게 가장 좋은 친구였다는 것을. 자신의 마음, 자신의 참된 가치를 깨닫기까지 멀고 어려운 과정이 있었지만 론은 그 모든 것을 잘 이겨냈고 마침내 자기 자신을 찾았다. 그리고 해리의 친구로서 헤르미온의 연인으로서 볼드모트에 맞서 마법 세계를 구하기 위해 멋진 활약을 펼쳐나간다.

열등감은 누구에게나 있다. 남과 비교할 때마다 열등감은 늘 우리를 따라다닌다. 우린 언제나 누구보다는 모자라고 가진 것이 적을 것이다. 내게 부족한 것에 연연해하기보다 내 안에 이미 있는 것, 나로서도 충분한 것을 알아볼 수 있다면 관계도 삶도 편안해진다. 나만의 아름다움과 좋은 점들을 알아봐주는 친구들이 있다면 더 좋겠지만, 우리 자신이 누군가에게 그런 사람이 되어주는 일 또한 멋질 것이다. 열등감 가득하던 론이 당당하고 용감한 론으로 성장해가는 모습은 이 책에서 만나는 큰 감동 중의 하나다.

엄마라는 이름으로

위즐리 부인을 보면 엄마 생각이 난다. 여섯 아이를 키워낸 엄마, 부족한 살림을 메우기 위해 늘 동동거리며 애썼던 엄마, 신학기만 되면 줄줄이 필요한 준비물을 읊어대는 우리 앞에서 한숨을 쉬던 엄마. 위즐리 부인은 우리의 엄마, 어쩌면 자식을 키우는 이 시대의 모든 엄마와 닮은 인물이다.

그녀는 일곱이나 되는 아이 뒷바라지에 늘 허덕인다. 공무원인 남편은 승진도 못 하고 월급도 적다. 새 학기만 되면 아이들 학교 준비물에 돈이 많이 드는 게 힘겹다. 그래서 막내아들 론에게는 언제나 형들이 쓰던 물건들을 물려주거나 중고 시장에서 낡은 것을 구해줄 수밖에 없다. 그녀 자신도 뛰어난 마법사지만 가난은 마법으로도 지울 수 없다.

그녀에겐 자식들이 학교에서 반장이 되고 시험에서 1등을 하는 것이 가장 큰 보람이다. 위로 세 아이 모두 학교에서 인정받았다. 그런데 넷째와 다섯째인 쌍둥이는 혀를 내두를 정도로 말썽꾸러기다. 마법 장난감을 만든답시고 온갖 실험을 해대느라 쌍둥이 형제가 집 안에 있을 땐 한시도 조용할 새가 없다. 머리가 좋은 녀석들이 공부에 조금만 신경을 써주면 좋으련만, 학교 공부보다 마법 장난감에만 빠져 있으니 저래가지고는 좋은 직장이나 들어갈 수 있을지 한숨이 끊이질 않는다.

그녀는 애정과 정성이 넘치는 엄마이기도 하다. 여섯 아들과 외동딸을 최선을 다해 보살핀다. 직장에서 무시당하고 승진도 못 하는 남편이지만 존경하고 아낀다. 해리가 론의 친구가 된 후에는 자기 아이처럼 해리를 챙긴다. 무려 여섯 아이를 키우는 엄마답게 기운도 넘친다. 큰 목소리로 집 안 전체를 호령하면서 애들을 챙기고 장난을 단속하고 잔소리를 해댄다. 마법 지팡이를 휘둘러 음식을 볶고 설거지를 해도 집안일은 줄지 않는다. 동동거리는 그녀를 보고 있자면 전기라는 마법으로 세탁기며 밥솥이며 오븐을 써가며 살림을 하는 것이 더 편한 것도 같다.

그렇게 바쁘고 고단해도 해마다 크리스마스가 오면 위즐리 부인은 식구 수대로 스웨터를 떠서 선물한다. 일곱이나 되는 아이와 남편은 물론 해리 것까지 잊지 않는다. 부모의 사랑, 특히 따듯한 엄마의 사랑을 받아본 기억이 없는 해리에게 위즐리 부인의 스웨터는 엄마의 정성과 애정을 느끼게 하는 소중한 선물이었을 것이다. 위즐리 부인의 이런 마음 씀씀이는 험한 시절에 더욱 소중해진다. 호그와트 학교에 대한 마법부의 감시와 통제가 점점 심해지는 후반부에 가면 학생들은 모든 우편물을 다 검열받는 암울한 시절을 겪게 된다. 자유와 평화가 점점 멀어지는 학교생활로 힘들고 우울할 때, 해리는 위즐리 부인에게서 온 부활절 음식을 받고 그만 울컥한다. 이런 시국에 부활절 음식이라니…… 지니는 어이없어하지만 해리는 왠지 알 것 같다. 세상이 힘들어질수록 늘 해오던 것들을 잊지 않고 챙기는 마음이 얼마나 든든하고 뿌듯한 위안이 되는지 말이다. 어떤 세상이든 생활은 이어진다는 것, 너를 챙기는 따뜻한 마음이 있다는 것을 위즐리 부인은 늘 해리에게 느끼게 한다. 눈에 보이는 것 너머까지 헤아리는 깊은 마음을 위즐리 부인에게서 본다.

명랑하고, 억척스럽고, 애정이 넘치는 엄마지만 무엇보다 그녀는 용감한 마녀이기도 하다. 볼드모트에 대항하는 마법사들의 비밀결사인 '불사조 기사단' 일원인 그녀는 남편과 다섯 아이가 불사조 기사단 활동에 참여하는 것도 받아들였다. 세상에서 제일 강한 마법사에게 대항하는 활동에 가족의 대부분이 참여하고 있으니 얼마나 두렵고 무서웠을까. 그럼에도 자식을 지키고 싶은 엄마의 마음보다 세상을 구하기 위한 활동에 더 큰 마음을 내놓는다.

그러나 내가 낳은 자식이라 해도 커갈수록 내 맘대로 되지 않는 법이다. 큰아이 빌은 인물이 제일 훤한데 머리를 기르고 귀걸이를 하고 다니는 게 참 못마땅하다. 마법으로 머리를 멋지게 잘라주겠다고 제안하지만 빌은 단칼에 거절한다. 제발 앞머리 좀 자르라고, 지저분하게 늘어뜨리고 다니지 말라고 사정사정해도 끄떡없는 우리 큰아이를 보는 것 같다. 그런데 그 잘생긴 아이가 결혼하겠다고 연인을 집에 데려왔고 부인은 미래의 며느리가 맘에 안 든다. 집 안엔 온통 두 여자가 뿜어내는 긴장과 살벌한 분위기가 이어지기도 했다. 자식의 외모, 연애, 사랑, 배우자는 엄마조차 어쩔 수 없다. 받아들여야 한다는 걸 알지만 마음이 안 드니 괴롭다.

나 역시 아이가 커가는 모습이 흐뭇하다가도 이 녀석이 이다음에 내 맘에 안 드는 배우자를 데려오면 어떡하나 싶을 때가 있다. 내가 키운 자식의 선택을 당연히 믿어주고 지지해줘야 하지만 그게 어디 다 마음대로 될까. 위즐리 부인과 예비 며느리 사이에 벌어지는 팽팽한 줄다리기를 보는 것은 재미나기도 하지만 내 입장이라도 쉽지 않겠다……

끄덕이게 된다.

일곱 아이 중엔 또 유독 아픈 손가락이 있다.

셋째 아이 퍼시는 우수한 성적으로 호그와트를 졸업하고 마법부 장관의 비서로 취직을 하더니 하루하루 가족을 무시하고 가족이 중요하게 여기는 일에 등을 돌린다. 가족 모두가 볼드모트에 대항하는 비밀결사에 참여하고 있는데 퍼시만 진실을 은폐하기 급급한 마법부 편을 드는 것, 그래서 다른 형제들에게 따돌림을 당하는 것이 엄마로서 괴롭다. 갈등이 점점 커지자 마침내 퍼시는 가족 전체를 상대로 비난과 모욕을 퍼부은 후 집을 나가고, 크리스마스에도 오지 않는다. 애써 떠서 보낸 스웨터마저 아무런 편지 없이 되돌아왔을 때 위즐리 부인은 눈물을 흘리고 만다.

내 뜻대로 되지 않는 자식을 지켜보는 엄마의 마음이 어떤 건지 너무나 잘 안다. 나 역시 그런 아이를 지켜보며 오랜 시간 마음을 앓았기 때문이다. 다른 아이들은 신경쓰지 말라고, 잊어버리라고 야단이지만 엄마가 자기 자식을 내칠 수 있을까. 아무리 부족하고 철이 없고 못되게 군다 해도 엄마는 그럴 수 없다. 그 시간 역시 못난 자식이 방황하는 시간으로 여기고 다만 마음을 다해 기다리는 수밖에 없다.

퍼시는 오랜 시간 가족 품을 떠나 모두의 마음을 아프게 하다가 마침내 최후의 전투에 참가해 자신의 과오를 반성하며 최전선에서 가장 용감하게 싸운다. 그러나 그 마지막 전투에서 위즐리 부인은 사랑하는 아이 하나를 잃는다. 자식을 먼저 보낸 어미의 비통함은 글로 스크린 너머로 절절하게 전해진다. 다시 시작된 전투에서 죽음을 먹는 자 벨라트릭스가 위즐리 부인의 외동딸 지니를 노리면서 목숨을 잃은 아이를 조롱하자 위즐리 부인은 함께 싸우고 있던 헤르미온, 루나, 지니를 제치고 직접 대결을 펼친다. 두 개의 마법 지팡이가 허공을 가르고 수많은 주문이 부딪치며 두 마녀가 목숨을 걸고 결투를 벌이는 장면은 소설에서도 영화에서도 눈을 뗄 수 없게 한다. 위즐리 부인은 외친다 "넌…… 결코…… 다시는 우리 애들을 건드릴 수 없어!" 그 순간 위즐리 부인이 날린 주문이 벨라트릭스의 가슴에 맞는다. 자식을 잃은 어미는 비통한 마음을 누르고 더이상의 희생을 막기 위해 세상에서 가장 용감하고 강력한 마녀가 되어 자신의 아이들과 다른 엄마의 아이들을 지켜낸다.

부지런한 엄마, 애쓰는 엄마, 사랑이 넘치는 엄마, 다른 아이까지 내 아이로 품는 엄마, 부족하고 못난 자식이지만 끝까지 믿고 기다려주는 엄마, 그리고 자식을 지키기 위해 세상에서 가장 힘세고 용감해지는 엄마, 세상의 불의를 외면하지 않고 뛰어드는 엄마, 그녀가 위즐리 부인이다.

엄마가 되고 나서야 내 아이가 행복하게 살기 위해선 다른 아이들도 행복해야 한다는 것을, 내 아이가 더 좋은 세상에 살기를 원하면 그런 세상을 만드는 일에 나도 나서야 한다는 것을 알게 되었다. 그런 삶을 살아내는 위즐리 부인을 보면서 엄마로서 더 강해지고, 더 넓어지고 깊어지는 경지를 배웠다. 좋은 엄마가 좋은 세상을 만든다.

친구는 내 슬픔을 등에 지고 가는 자

함께 웃었던 사람은 쉽게 잊히는데 같이 울어본 사람은 오래 잊을 수가 없다. 좋은 일을 축하해주고 함께해준 사람도 고맙지만 내가 겪은, 혹은 마주하고 있는 고통과 상처를 같이 나눠준 사람, 내 고통을 조금이라도 덜어주려고 애써준 사람들에 대한 기억은 세월이 가도 마음 깊은 곳에서 반짝거린다. 살다 보면 어려운 일을 만나기도 하고, 때로 고통은 나 혼자 감당할 수 없는 무게로 덮치기 마련이다. 그럴 때 기꺼이 달려와서 손을 내밀고 마음과 몸을 내어주는 사람들이 있다면 어떤 경우에도 살아진다. 진정한 관계는 그런 고비 속에서 드러나는 법이다.

해리와 론, 헤르미온, 이 세 친구는 열한 살에 호그와트에서 만나기까지 삶에서 어떤 접점도 없던 사이였다. 마법사 부모 밑에서 태어났다는 사실조차 알지 못한 채 머글 세상에서 살아온 해리, 머글 부모 밑에서 태어났지만 마법 능력이 나타나 호그와트로 오게 된 헤르미온, 마법사 가문에서 태어나 마법사로 자라온 론은 살아온 환경도 경험도 전혀 달랐다. 그러나 이 셋을 이어주는 공통점이 있다. 바로 자신들이 속해 있는 세상에서 온전하게 환영받지 못한다는 점이다. 해리는 아기 때 볼드모트를 무찔렀다는 전설의 주인공이지만, 그래서 볼드모트를 물리치기 위해 선택된 자라고 불리지만 바로 그 이유로 경계와 배척의 대상이 된다. 헤르미온은 부모가 머글이라는 이유로 말포이와 슬리데린 아이들한테 노골적으로 '혼혈' '잡종'이라는 멸시와 조롱을 받는다. 론은 마법사 부모 밑에서 자랐지만 머글들에 대해 호의적인 부모님은 마법사 사회에서 동족의 배신자라고 불린다. 게다가 늘 궁핍한 살림 때문에 말포이에게 '거지' '가난뱅이'라고 놀림받는다. 이런 무시와 조롱, 질투와 시기는 셋을 더 굳게 뭉치게 한다. 서로의 아픔과 고민을 나누고 상대의 고통을 함께하는 사이가 되는 것이다.

해리가 마법사 세계에 등장함과 동시에 볼드모트도 다시 부활을 시도한다. 자기를 죽일 운명을 타고났다는 해리를 제거하기 위해서다. 해리에게는 각종 위험이 닥쳐온다. 해리가 맞는 위기의 순간마다 헤르미온과 론이 함께한다. 해리는 위험을 감지해서 알려주고, 헤르미온은 그 위기를 극복할 수 있는 방법들을 찾아낸다. 론은 어떤 모험이든지 함께해준다. 그 과정에서 만난 고통스럽고 힘겨운 일은 한두 가지가 아니다. 끔찍하고 무서운 일도 너무나 많이 닥친다. 위기를 해결할 때마다 다치고 상하는 일은 아무것도 아니다. 수시로 죽을 위험도 넘는다. 혼자였다면 처음부터 불가능했을 모험들을 셋의 힘으로 헤쳐나간다.

이 세 아이의 우정은 볼드모트의 비밀을 찾기 위해 떠나는 여정에서 가장 극적으로 드러난다. 늘 해리에게 나아갈 길을 알려주고 곁에서 부모처럼 이끌어주던 덤블도어가 죽은 후 마법 세계는 혼란과 위험에 빠진다. 볼드모트는 본격적으로 힘을 과시하며 순수혈통이 아닌 마법사들을 탄압하기 시작한다. 볼드모트를 물리치고 마법 세계에 다시 평화를 가져오기 위해 해리는 덤블도어가 맡긴 임무를 완수하고자 모험을 준비한다. 위험하고, 어려운 일이라 언제나 함께했던 론과 헤르미온에게조차 함께 가자는 말을 할 수가 없다. 그러나 두 친구는 이미 모든 것들을 준비해놓고 해리와 함께할 것을 결심하고 있었다. 해리가 두 친구에게 이 모험이 얼마나 위험한지 모르냐고 얘기하자 헤르미온이 쏘아붙인다. 이 모험을 함께하겠다고 몇 년 전부터 결정했고, 이 모험을 위해서 오랫동안 많은 것을 준비해왔다고. 헤르미온은 도움이 될 만한 모든 것을 다 챙겨놓았고, 심지어 부모의 기억까지 바꿔놓았다. 부모의 기억 속에서 자신의 존재까지 지워가며 모험에 나선 헤르미온의 우정을 생각하면 마음이 뜨거워진다. 론도 갑자기 사라진 자신을 찾으러 마법부에서 조사를 나올 경우 속일 수 있는 준비를 미리 해놓았다. 두 친구가 위험을 잘 알면서도 이 정도까지 함께 갈 준비를 해놓고 있었다는 사실이 해리에게 얼마나 큰 의미가 되었을지는 충분히 짐작할 수 있다. 이제 셋은 삶과 죽음을 함께하는 친구가 된 것이다.

이후 세 친구는 이루 다 말할 수 없는 고난을 함께 겪어낸다. 때로 서로의 마음을 할퀴고, 오해하고, 아프게도 하면서 잠시 서로를 배신하고 떠나기도 하지만 결국 다시 돌아와 끝까지 함께한다. 지극한 고통과 슬픔, 한없는 위험과 고난을 올올이 함께 겪으며 그렇게 세상을 구하는 여정을 완수해나간다.

깊은 우정을 나누는 친구는 살아가는 내내 큰 힘이 된다. 서로의 시간과 배움과 성장을 지켜봐준 관계라면 그 우정이 더 깊을 수밖에 없겠다. 해리와 론과 헤르미온은 열한 살에 만나 열여덟 살까지 서로의 마음과 생각, 아픔과 상처를 속속 함께 겪었다. 그리고 이들의 우정은 몇 년 후 볼드모트라는 거대한 악에 대항해 마법 세계를 구하는 가장 큰 힘이 되었다. 자신의 모든 것을 기꺼이 던질 수 있게 한 것은 오랜 시간 모든 것을 함께했던 깊은 우정과 서로에 대한 사랑의 힘이었을 것이다.

아메리카 토착민들은 친구를 '내 슬픔을 등에 지고 가는 자'라고 말한다. 기쁜 일보다 어렵고 힘든 일을 함께해주는 사람이야말로 진정한 친구라는 뜻이리라. 해리와 론, 헤르미온은 가장 고통스러운 시간, 제일 어려운 시련을 함께했다. 서로의 슬픔을 기꺼이 등에 지고 지극히 외롭고 어려운 시간들을 지나왔다. 서로의 슬픔을 나눠 지고 갔던 친구가 나에게는 있었나. 정말 '친구'인 사람이 내겐 몇이나 될까. 끝내 그의 슬픔을 나누어 지지 못하고 고스란히 남겨둔 채 멀어져버린 많은 얼굴이 가슴 시리게 떠오른다.

물러서지 않는 여자들

'해리 포터' 시리즈에 열광했던 10년, 좋아했던 인물 중 하나가 맥고나걸 교수다. 호그와트 마법학교 교감이자 세 주인공이 속한 그리핀도르 기숙사 담당 교수다.

호그와트에 처음 도착해 맥고나걸 교수를 만난 해리는 그녀의 첫인상이 너무 엄격해 보여서 겁을 먹을 정도였다. 학생들에게 말을 전할 때나 수업을 할 때도 그랬다. 그가 농담을 던진다거나 웃는 건 상상할 수 없다. 그는 언제나 반듯하고 꼿꼿한 태도로 근엄하게 학생들을 대한다. 누구에게든 똑같이 무뚝뚝하게.

늘 엄격하고 규칙에 철저한 인물이지만, 호그와트가 위험에 처하자 단호하고 용감한 행동으로 학교를 지킨다. 마법세계 최고의 악당 엄브릿지 교수가 교장 자리를 꿰찬 다음 학교를 통제하던 시절에도, 그는 현명하고 냉철하게 학생들을 보호한다.

호그와트의 기둥이었던 덤블도어 교장이 죽고 마법 세계 행정부인 마법부마저 무너지고 난 뒤에도 그는 호그와트를 떠나지 않는다. 죽음을 먹는 자들이 학교를 점령하고 학생들과 교수들을 괴롭힐 때도 의연하게 자리를 지킨다. 소설의 대단원에 이르러 주인공들이 호그와트로 돌아와 볼드모트의 비밀을 풀 마지막 임무에 뛰어들자 맥고나걸은 평생 쌓아온 마법 능력을 모두 발휘해 대전투를 준비한다. 어린 학생들을 대피시키는 한편, 학교 전체에 방어막을 치고 교수들을 전투에 동참시키는 등 그 행보에는 망설임이 전혀 없다.

레번클로 기숙사 담당 교수 플리트윅은 어떻게 해도 볼드모트를 막을 수 없을 거라고 비관하지만, 후플푸프 기숙사 담당 교수이자 마법 식물 담당인 스프라우트는 "그래도 얼마 동안 그를 잡아둘 수는 있을 것"이라며 맥고나걸에게 힘을 실어준다. 이때 두 마녀 사이에 흐르는 깊은 이해의 눈길은, 가장 위험한 순간 해야 할 일에 뛰어드는 서로에 대한 뜨거운 신뢰와 존경이다.

슬리데린 기숙사 담당 교수인 슬러그혼이 볼드모트를 막으려고 했다가는 심각한 위험에 처할 거라며 망설이자 맥고

나걸은 결연하게 말한다. "당신이 학생들을 데리고 떠나고 싶다면 말리지 않겠지만, 당신들 중 누구 한 명이라도 우리의 저항을 막거나 우리를 향해 무기를 겨눈다면 그때 우리는 상대방이 죽을 때까지 결투에 임할 것입니다." 금방 볼드모트와 죽음을 먹는 자들이 쳐들어올 것을 알면서도 그는 두려워하지 않는다. 그리고 전쟁이 시작되자 최전선에서 적들에게 용감하게 맞선다.

호그와트 대전투의 아수라장 속에서 해리가 우연히 마주쳤을 때, 맥고나걸은 책상들에 마법을 걸어 양치기처럼 그것을 몰면서 적들을 향해 정신없이 달려가고 있었다. 희끗한 머리카락은 온통 헝클어지고 뺨에는 상처가 깊이 파였지만 그는 여전히 우렁찬 목소리로 "돌격하라"라고 외치며 전장으로 뛰어든다.

'해리 포터' 시리즈에는 용감하고 멋진 마녀가 많이 등장한다. 작가 조앤 롤링은 여성 인물들을 나약하게 묘사하지 않았다.

맥고나걸이 가장 대표적인 인물이지만, 마법 식물 담당 스프라우트 교수의 활약도 이에 못지않다. 그는 호그와트 전투가 시작되자 그동안 온실에서 길러온 온갖 마법 식물을 챙겨들고 적들에게 뛰어든다. 사람을 옭아매고 온몸을 조여

오는 '악마의 덫'을 비롯해 머리를 꿀꺽 삼켜버리는 씨주머니 등을 던져 죽음을 먹는 자들을 공격한다. 늘 엉뚱한 예언으로 학생들을 곤란하게 했던 점성술 담당 교수 트릴로니도 미래를 본다는 수정구슬을 가방 가득 채우고 나타나 적을 향해 던지며 전투를 도왔다. 론의 여동생 지니 위즐리도 나이는 어리지만 뛰어난 마법 실력으로 적들에게 정확한 공격을 가하며 한몫을 톡톡히 한다. 심지어 나이 많은 네빌의 할머니까지 지팡이를 들고 전투에 뛰어들어 죽음을 먹는 자들을 쓰러뜨린다. 헤르미온이나 루나의 활약은 말할 것도 없다. 위즐리 부인은 호그와트의 아이들을 지키는 엄마 마녀로서 강하고 담대한 용기와 뛰어난 마법 실력을 유감없이 보여준다. 불사조 기사단 단원인 통스도 낳은 지 얼마 되지 않은 아이를 부모에게 맡기고 전투에 뛰어들어 목숨을 걸고 싸운다. 통스는 결국 남편과 함께 장렬히 전사한다. 이 여자들 누구도 물러서거나 숨지 않았다.

2019년은 삼일운동 100주년이 되는 해였다. 독립운동에 대한 다양한 자료들이 발굴되고 공개되면서 묻혀 있던 여성 독립운동가들이 조명된 것은 정말 다행스러운 일이다.

삼일운동 하면 누구나 유관순 열사를 떠올리지만 일제강

점기 때 독립운동을 한 여성은 수없이 많았다. 그 시절 여성 운동가들은 남성들의 독립운동을 뒷바라지하는 이들이 아니었다. 그들은 독립을 위한 모든 활동에 적극적으로 참여했다. 임신 중에 폭탄을 던진 안경신 열사, 최초의 여성 의병대장 윤희순 열사, 여성 광복군 1호 신정숙 열사, 폭탄 의거를 비밀리에 도왔던 박자혜 지사……

만세운동을 하다가 끌려간 유관순 열사가 감옥에서 만난 여자들은 어린 학생, 임산부, 평범한 부인, 천대받던 기녀 들이었다. 많이 배웠건 아니건 신분이 높건 낮건 이들은 자신의 자리에서 억압에 맞섰다. 감옥에서 온갖 고초를 당하면서도 자신이 한 일을 후회하지 않았다. 열일곱 유관순을 한없이 강하게 만든 것은 감옥에서 만난 여자들이 보여준 용기와 뜨거운 연대였다. 나라가 위기에 처했을 때 자신의 자리에서 물러서지 않고 용기 있게 나섰던 수많은 여자의 노력과 헌신, 희생을 역사는 공평하게 기록하지 않았다. 이제부터라도 제대로 알려지고 남겨져야 옳다.

여자들의 참여와 활약에 대한 인정과 평가가 여전히 불평등한 이 세상과 달리, 조앤 롤링은 마법 세계에서만큼은 물러서지 않는 여자들의 용기와 활약을 동등한 시선으로 그려냈다. 자기의 목소리를 내고, 행동하고, 위협과 협박에 결코 물러서지 않는 여자들, 그런 여자들의 힘이 우리가 사는 사회 곳곳의 어둠을 밀어내고 있다.

자기만의 세상이 주는 힘

나쁘지는 않은데 좀 이상한 사람들이 있다. 알 수 없는 행동을 하는 사람과 같이 있는 일은 어색하고 불편하다. 호그와트 학생들은 레번클로 기숙사의 루나 러브굿을 그런 사람으로 여긴다. 생김새며 옷차림이 특이한 것도 있지만 루나는 도무지 알아들을 수 없는 얘기들을 아무렇지 않게 한다. 상대방이 들으면 부끄러워하거나 당황해할 말들도 스스럼없이 꺼낸다. 다른 사람이 감추고 있는 마음도 잘 알아챈다. 그래서 아이들은 루나를 피하고, 심지어 많은 아이가 루나를 정신이 이상하다고까지 여긴다. 물론 루나에겐 어떤 악의도 없다. 그저 늘 자기답게 말하고 행동할 뿐이다. 그런데 그것이 다른 사람 눈에는 언제나 이상하게 보인다는 게 문제다. 그러니 루나에겐 친구가 없다.

처음엔 해리도 다른 친구들과 똑같은 시선으로 루나를

보았다. 그러다가 사랑하는 대부, 시리우스의 죽음이라는 커다란 슬픔을 겪으면서 같은 경험이 있는 루나를 새롭게 보게 된다. 루나는 아홉 살 때 어머니를 잃었다. 그녀의 어머니는 실험을 좋아하는 마녀였는데 새로운 마법을 개발하다가 불의의 사고로 루나가 보는 앞에서 죽고 말았다. 너무나 어린 나이에 감당할 수 없는 슬픔과 고통을 겪은 루나는 그 경험에서 이미 초연해 있다. 그래서인지 루나는 사람들의 감정을 읽고 알아보는 면이 탁월하다. 해리가 애써 감추고 있는 힘든 마음도 루나는 바로 알아본다. 론과 헤르미온에게도 감출 수 있는 마음을 해리는 루나 앞에서 들키고 만다. 친구가 없는 대신 오래, 찬찬히 많은 사람을 지켜보며 지냈던 루나였기에 가질 수 있는 능력인지도 모른다. 그런 루나 앞에서 해리는 오히려 편안함을 느낀다. 일부러 자신을 꾸밀 필요가 없기 때문이다.

어려서 엄마를 잃은 루나는 아빠와 단둘이 고립된 환경에서 자랐다. 루나의 아빠는 어린 딸을 제대로 보살피는 데 서툴러서 루나의 매무새를 단정하게 챙겨주지는 못했지만, 외동딸에 대한 사랑만큼은 극진했다. 신기하고 이상한 동물들이나 식물들에 관심이 많았던 아빠 덕분에 루나는 그런 지식들을 쌓을 수 있었다. 엄마와 형제가 없는 외로운 환경이었지만 루나는 아빠가 알려주는 온갖 신비한 생물들에 대한 이야기를 들으면서 그런 존재들을 믿으며 자라왔고, 루나의 어린 시절은 환상적인 세상으로 충만하게 채워졌다. 그러나 학교 친구들은 루나가 들려주는 신비한 생물들 이야기를 말도 안 되는 웃음거리로 여긴다. 그러면서 루나를 이상한 아이라고 손가락질하며 멀리한다. 남들이 자신을 놀리고 따돌려도, 이상한 아이라고 수군거리고 피해도 루나는 속상하지만 기운을 잃지는 않는다. 친구들에게 보이지 않는 특별한 존재들로 가득한 세상을 살고 있기 때문이다. 자신에게만 보이고 느껴지는 존재들과의 교감 속에서 루나는 언제나 힘을 얻고 위로를 받는다. 루나가 아이들의 짓궂은 장난과 싸늘한 시선 속에서도 당당하게 자기 자신으로 남을 수 있었던 것은 아빠와 함께 나눠온 그 풍성한 신비의 세계가 그녀를 굳건히 채워주고 있기 때문일 것이다. 그런 배경이 루나로 하여금 남들과 다른 시선으로 세상을 보고 행동하는 법을 가르쳐주었다.

루나의 이런 단단한 내면은 시리즈 마지막에 호그와트의 대전투에서 가장 위험한 순간의 해리에게 큰 힘이 된다. 그토록 사랑하던 학교가 폐허로 변해가고 사랑하는 사람들이

죽거나 다치는 최악의 상황에서 친구들과 함께 수많은 디멘터와 마주하게 된 해리는 도무지 패트로누스 마법을 부릴 수가 없다. 모든 것이 다 막막하고 암울한 상황에서 어떻게 행복한 기억을 이끌어낼 수 있을까. 그때 루나가 다른 친구들과 나타난다. 루나는 전쟁터 한가운데로, 마치 마법 훈련 수업이라도 받는 것처럼 명랑하게 달려온다. 주변에서 펼쳐지는 공포스럽고 절망스러운 모습들도 루나에겐 아무런 영향을 미치지 못한다. 상황에 압도되어 어떤 희망도 이끌어내지 못하고 있는 해리에게 루나가 말한다. "우리 모두가 아직 여기 있잖아" "우린 여전히 싸우고 있어"라고. 우린 많은 것을 잃었고, 다치고 고통스럽지만 그러나 여전히 살아서 함께 있고 여전히 싸우고 있어. 이건 정말 멋진 일이야.

해리는 루나가 일깨워준 지혜를 깨닫고 마침내 패트로누스를 이끌어내어 수많은 디멘터를 물리친다.

모든 희망이 다 사라진 것 같을 때, 닥쳐오는 위험과 공포가 너무나 강할 때도 루나는 그 속에서 한 줄기의 희망과 행복을 찾아낼 줄 아는 사람이었다. 루나는 어떤 환경에서도 놀라거나 두려워하지 않는다. 어쩌면 어린 시절 엄마의 죽음을 눈앞에서 본 것으로 이미 상상할 수 있는 가장 끔찍한 지옥을 겪었기 때문인지도 모른다. 그런 지옥을 어린 시절에 겪어냈지만 루나는 그 경험으로 무너지지 않았다. 그 대신 아빠가 알려주는 신비한 세상을 제 안에 들이고 보이지 않는 존재들과 교감하며 어떤 상황에서도 흔들리지 않는 마음을 배웠다. 누구도 빼앗아갈 수 없는 나만의 세상을 가진 사람은 쉽게 무너지지 않는다. 그것이 루나가 지닌 진정한 힘이다. 그런 힘으로 루나는 사람의 마음을 정확하게 꿰뚫어 보고 그 사람에게 가장 필요한 것이 무엇인지 알아본다. 모든 전투가 다 지나간 호그와트에서 볼드모트를 물리친 해리를 누구도 놓아주지 않고 있을 때 루나만이 해리에게 다가와 이렇게 말한다.

"내가 너라면 좀 더 조용하고 평화로운 곳에 있고 싶을 것 같아."

그것이 바로 그 순간 해리의 마음이었다. 해리는 고개를 끄덕이고 루나가 엉뚱한 얘기를 꺼내 사람들의 시선을 끄는 사이 빠져나간다.

남들과 다르게 생각하고 행동하는 사람은 귀하다. 그런 사람들은 전혀 다른 시각으로 문제를 보게 해준다. 세상의 놀라운 발견과 발명은 다른 생각, 다른 세상을 볼 줄 아는 사람들로부터 오기 마련이다.

만약 호그와트 학생들이 루나를 신기하고 엉뚱한 얘기들을 들려주는 재미난 친구로 여기고 받아주었다면 그들 모두의 학교생활은 훨씬 즐거웠을 것이다. 남들과 다른 세상을 품고 사는 삶은 남보다 더 쉽고 넉넉하게 위로와 힘을 얻을 수 있는 삶이기도 하다. 루나의 삶이 그렇다. 그건 부럽고 기특한 삶이지 결코 놀림받을 이유일 수 없다. 우리도 루나처럼 특별한 세상 하나쯤 품고 살아야 한다. 사람에게만 기대는 삶이 얼마나 쉽게 불안해지는지 우리는 잘 안다. 내 곁에 있는 나무와 돌멩이, 꽃들과 벌레들, 하늘과 들판과도 친구가 될 수 있는 삶이 훨씬 근사하고 믿음직스러운 법이다.

퍼시를 위한 변명

가족이란 참 멀고도 가까운 사람들이다. 같이 지내지만 서로를 제대로 알지 못하고, 가장 사랑하면서도 가장 아픈 상처를 주고받기도 한다. 한 사람을 이루는 데 가장 큰 영향을 미치는 관계이지만 이런 사실을 잘 모르거나 너무 늦게 알게 된다.

위즐리 형제 중 셋째인 퍼시는 똑똑한 모범생이다. 그리핀도르 기숙사 반장이었다가 나중에는 전교 회장까지 된다. 퍼시는 자기의 능력으로 얻은 직책과 책임을 사랑한다. 자신이 속한 곳에서 능력을 인정받아 중요한 역할을 맡고 그 일을 잘 해내서 더 큰 책임과 권위를 부여받는 것이 퍼시에겐 무엇보다 중요하다. 그래서 그만큼 노력한다. 더 좋은 성적을 얻고 더 높은 마법 등급을 딴다. 퍼시는 늘 애쓴다.

그런데 퍼시의 노력은 언제나 형제들의 비웃음을 산다.

말썽 부리는 데 천재적인 쌍둥이 형제 조지와 프레드는 재미있는 일을 좋아하고 학교 공부와 성적 같은 것에 연연해하는 것은 부끄러운 일이라고 생각한다. 그들은 마법 장난감 가게를 차리는 것이 소원이라 늘 신기한 물건을 발명하는 데 빠져 있다. 론은 이런 재주가 있는 형들을 부러워한다. 그렇게 셋은 잘 통한다. 그런데 퍼시는 이들과 전혀 다르다. 규칙을 지키는 일을 중요하게 여기며, 늘 진지한 성격에 무엇보다 학교 공부를 좋아한다. 단정하고 점잖게 행동하며 항상 방에 틀어박혀 책을 읽거나 뭔가를 조사하고 연구하며 보내는 퍼시를 조지와 프레드, 론은 항상 놀리고 골탕 먹인다. 그들은 학교 규칙을 들키지 않고 어기는 일을 당연하게 여기고 교사들 몰래 장난을 쳐서 학생들을 즐겁게 만드는 자신들의 재주를 자랑스러워한다. 퍼시에게는 이 셋의 성격이 가장 견디기 힘든 면이고, 동생들에게는 퍼시의 행동이며 생각이 도저히 참아줄 수 없는 면이다. 그러다 보니 함께 있는 공간에서 이 네 명은 항상 앙숙이 된다. 퍼시는 동생들에게 잔소리를 퍼붓고 동생들은 퍼시를 골탕 먹이는 일에 한마음이 된다.

해리가 호그와트 3학년 때 퍼시가 전교 회장이 된다. 위즐리 부인은 자랑스러워하지만 조지와 프레드는 전교 회장 따위 되어봤자 인생의 재미는 다 사라질 거라고 비웃는다. 론네 가족이 이집트로 여행 갔을 때는 퍼시를 피라미드 안에 가두려고 했다가 엄마에게 들키기도 하고, 퍼시가 자랑스러워하는 전교 회장 배지를 몰래 가져다가 '잘난 척하는 사람'이란 글씨가 보이게 마법을 걸어 퍼시가 좋아하는 여자친구 앞에서 망신을 당하게도 한다. 퍼시는 전교 회장답게 학생들 앞에서 위엄 있게 행동하려 하는데, 다른 학생도 아니고 자기 동생들이 대놓고 웃거나 놀리니 정말 화나고 속상했을 것이다.

처음 '해리 포터' 소설을 읽을 때는 조지와 프레드가 퍼시를 멋지게 골탕 먹일 때마다 그 방법들이 너무나 기발하고 재밌어서 깔깔 웃곤 했다. 역시 쌍둥이 형제야…… 감탄하기도 했다. 이렇게 멋진 동생들이 있는데 퍼시는 왜 그렇게 답답할까, 이런 생각도 했었다. 그런데 부모가 되고 서로 다른 세 아이를 키우면서 각자의 행동이 서로에게 미치는 영향이 크다는 것을 알게 된 뒤에는 생각이 많이 달라졌다. 지금 다시 책을 읽다 보면 퍼시를 괴롭히는 쌍둥이 형제와 이를 도우면서 같이 즐기는 론의 행동이 마음을 불편하게 한다. 도저히 같이 웃을 수가 없다. 그들의 장난은 집요하고 잔인하기까지 하다. 한 형제를 다른 형제들이 같이 괴롭히고 골탕 먹이는 것처럼 보인다. 나중에는 막내인 지니까지 합세한다.

모두가 왜 그렇게 퍼시에게 심하게 구는 걸까. 퍼시의 성격과 목표가 유독 다른 형제들과 다르다고 해도 그 자체로 인정해주면 안 될까? 권력을 얻고, 성공하고 싶은 욕망이 내 것과 다르다는 것이 비난할 이유가 되는 걸까?

규칙을 잘 지키고, 자기가 맡은 직책을 소중하게 여기며 그 일에 최선을 다하는 일이 왜 비웃음을 당해야 할까. 다른 사람 앞에서 점잖게 행동하고, 좋은 성적을 올리고 싶어 열심히 공부하는 일이 왜 무시와 조롱의 이유가 되야 할까. 내가 애쓰고 노력해서 얻은 성취들이 가족 안에서 하찮게 여겨지고 비웃음과 놀림의 대상이 된다면 과연 누가 가족들에게 깊은 애정과 고마움을 느낄 수 있을까. 퍼시가 점점 권력지향적인 사람이 되어간 것은 자신의 노력과 성취를 인정해주지 않는 가족보다 자신의 실력을 알아주고 인정해주는 사람들에게 더 큰 애정을 느껴서가 아닐까?

우수한 성적으로 졸업한 퍼시는 바로 마법부 장관의 비서가 되고, 가족보다 상사의 말을 따른다. 볼드모트의 힘이 강해지면서 마법부가 점점 중심을 잃고 무너져가는데도 퍼시는 그저 상관의 말이 무조건 옳다고 믿고 따른다. 상황이 위급해지면서 마법부가 제 역할을 하지 못하게 되자 불사조 기사단은 본격적인 활약을 시작하는데, 마법부 장관 비서가 된 퍼시는 덤블도어를 따르는 부모와 형제들을 싸잡아 비난하며 집을 나가버린다.

그토록 자랑스러워하던 아이가 그릇된 길을 가는 사람에게 충성하다니, 그 모습을 보는 것은 위즐리 부인에게 너무 괴로운 일이다. 하지만 오히려 퍼시는 가족 전체가 잘못된 길을 가고 있다며 부모를 모욕하고 자기의 선택과 행동이 옳다는 생각을 굽히지 않는다. 형제들은 퍼시를 없는 자식으로 취급하라며 위즐리 부인을 위로한다.

가족과 의절하고 상사만을 따르며 지내는 퍼시의 마음을 상상해본다. 어린 나이에 누구보다 빠른 출세 가도를 달리고 있지만 그래도 가족에게 등을 돌리고 혼자 지내는 것이 쉽지는 않았을 것이다. 무엇보다 외로웠으리라. 삶의 행복은 상사의 인정과 직장에서의 출세만으로 채워질 수 없다. 무엇보다 가족의 따듯한 응원과 지지, 이해와 보살핌, 인정과 격려가 있을 때 세상의 파도들을 힘 있게 헤쳐나갈 수 있다. 그래서 외로운 만큼 가족이 더 미웠을 것이다. 자기를 제대로 알아주지 않는 가족에 대한 원망은 어떻게든 자기를 인정하지 않을 수 없는 자리까지 오르도록 퍼시를 밀어냈을 것이다.

그러나 퍼시는 실패한다. 성공과 권력과 야망에 눈이 멀어 자기 상사의 잘못된 행동을 알아채지 못했다. 진실을 말해주는 가족의 말을 모두 자기의 성공을 시기하는 것으로 받아들이고 무시했다. 마침내 마법부가 무너지고 볼드모트가 전면에 등장한 후에야 자기의 선택이 잘못되었음을 알았지만 의절하고 지내던 가족에게 갑자기 돌아갈 수도 없었으리라. 누구도 믿을 수 없게 된 세상에서 두렵고 무서웠을 것이다.

마침내 호그와트에서 벌어진 대전투로 시시각각 가까워지는 적과 마주해야 하는 순간, 퍼시는 옛 동료들을 돕기 위해 호그와트에 나타났다가 가족과 마주친다. 너무나 놀라서 모두 말문이 막힌 와중에 퍼시는 자신의 과오를 부르짖으며 눈물을 터뜨린다. 그리고 모두 팔 벌려 퍼시를 안아준다. 퍼시는 자신을 다시 받아준 가족에게서 뜨거운 사랑을 느꼈을 것이다. 그리고 그간의 미안함을 보상하기라도 하듯 전투에서 누구보다 용감하게 싸운다.

그렇게 퍼시는 먼 길을 돌아 아프게 아프게 다시 위즐리 가족의 일원이 되었다.

가장 큰 격려도, 가장 아픈 상처도 가족에게 받곤 한다. 너무 가까이 있어서, 너무 잘 알아서 종종 그런 실수를 한다. 사람은 끊임없이 상대의 말과 반응 속에서 내 감정과 행동을 결정하고 강화시켜간다. 퍼시의 야망과 노력이 가족 안에서 최소한의 존중을 받았다면, 칭찬받고 격려받지는 못해도 그저 그 자체로 인정받았다면 퍼시가 그렇게 가족의 마음을 아프게 하면서 의절까지 하지는 않았을지도 모른다.

가족은 모두 서로의 영향 아래 자란다. 모두가 서로를 빚어주는 존재라는 뜻이다. 우리는 말로, 표정으로, 행동으로, 감정으로 서로에게 쉼 없는 영향을 주고 또 받는다. 그런 것들이 모여 한 사람을 다듬고 또 세운다. 내 남편이, 아이가 그렇게 행동하는 데는, 그런 사람이 되어버린 데에는 내가 준 영향도 분명 클 것이다. 그러니 내 뜻대로 행동하지 않는다고 쉽게 비난할 수 없다. 만약 가족 중 누군가가 나를 힘들게 하고 아프게 한다면 혹 내가 그를 그렇게 빚어온 것은 아닌지 먼저 돌아봐야 하지 않을까.

부모의 말은 아이의 말이 되고, 부모의 습관과 행동은 아이에게 그대로 젖어들지 않던가.

큰아이가 좋아하는 레고를 같이 좋아하고, 큰아이가 하는 말들을 그대로 흉내 내는 둘째와 셋째를 보면서, 나처럼 만화와 책을 사랑하고 나처럼 마음이 약하면서도 벌컥벌컥 화를 내는 눈물 많은 큰아이에게서, 나는 내가 빚어온 모습들을 종종 마주하며 놀라고 또 철렁하기도 한다.

언제나 잘할 수는 없다. 사랑하면서도 상처를 주고, 또 원치 않게 아픔을 주기도 하지만 우린 우리가 주고받는 이 힘을 보다 세심하게 잘 써야 한다. 그래서 서로 더 멋지게 피어나도록 도와야 한다.

사랑이란 이름으로

한때 대단한 사랑을 해보고 싶었다. 수많은 역경을 이겨내고, 고난을 극복해가면서 마침내 이루는 사랑에 매혹되었다. 특별한 운명을 타고난 사람을 사랑하며 그와 함께 갖은 모험을 다 겪어내고 마침내 하나가 되는 그런 상상은 왠지 드라마틱하고 낭만적으로 느껴졌다. 한마디로 철없는 상상이었다. 실제로 어른이 되어 사람을 좋아하고 보니 가치관이나 습관만 달라도 사랑은 쉽게 지옥이 되었다. 극복하고, 감당하고, 인내하고, 기다리고, 이겨내야 이룰 수 있는 사랑 따윈 질색이다. 애초에 내가 그럴 만한 그릇이 못 된다는 것을 깨닫는 데는 적지 않은 시행착오가 있었지만 모험이나 극복, 운명과 희생 같은 거창한 것들보다 따듯한 이해와 배려, 편안한 성격과 침착함 같은 것들이 더 매혹적이라는 것을 알게 되었으니 다행이다. 이런 나로서는 꿈도 꾸지 못할 강한 사랑을 보여주는 사람이 지니 위즐리다.

지니는 위즐리 가족의 막내이자 외동딸이다. 위로 무려 여섯이나 되는 오빠를 겪었으니 어지간한 일에는 놀라지도 않는 데다 당차고 똘똘한 건 말할 나위가 없다. 지니는 오빠의 친구로 만나게 된 해리를 처음부터 좋아했다. 한 학년 후배로 입학한 후에도 늘 해리만을 바라보았다. 얼굴도 예쁜 데다 마법 실력도 뛰어나고 용감하며 당당한 지니는 남학생들에게 인기도 많아서 연애도 잘 하지만 마음으로는 늘 해리를 포기하지 않았다. 그러나 해리와 같이 있으면 말 한마디 못 했다. 너무 좋아하는 사람 앞에서는 그렇게 된다. 그렇지만 해리가 어떤 학생인가. 볼드모트가 죽이지 못한 아이, 어딜 가나 주목을 받는 해리는 자신과 마법 세계를 노리는 사악한 세력들에 맞서느라 늘 바쁘다. 세상을 구해야 하는 운명을 타고난 영웅을 사랑하는 일은 정말이지 내 아이들에겐 권하고 싶지 않다. 감당해야 할 위험이 너무나 큰 데다 악당들은 영웅의 연인을 단골로 인질 삼지 않는가. 영웅들은 언제나 너무나 심각하거나 위험하고, 대부분 바쁘고 고단하며 여유가 없다. 정신건강은 물론 몸도 온전할 리가 없다는 게 내 생각이다.

그러나 어린 영웅도 커가면서 사랑을 알게 된다. 서툰 연애를 끝내고서야 해리는 늘 곁에 있던 지니를 새롭게 보게 된다. 그럼에도 두 사람이 서로의 감정을 확인하기까지 꽤 긴 시간이 걸렸다. 해리는 지니가 가장 친한 친구의 여동생이라는 사실 때문에 망설인다. 만약 지니와 잘 안 되면 론과의 우정이 깨지지 않을까 두려운 것이다. 더구나 해리는 헤르미온이 오래전부터 론을 좋아하고 있다는 것도 알고 있다. 둘 사이도 조마조마한데 자기까지 론의 동생과 얽히면 셋이 맺어온 우정에 큰 영향이 갈까 두렵다. 그러나 론이 질척거리던 여자친구와 헤어지고 지니도 사귀던 남학생과 헤어졌다는 소식을 듣고는 좋아서 어쩔 줄 모른다. 그러다 자신은 징계를 받아서 나가지 못한 퀴디치 시합에서 그리핀도르가 우승했다는 소식을 들었을 때, 너무 기쁜 나머지 자신에게 달려오는 지니에게 모든 사람들이 보는 앞에서 키스를 함으로써 숨겨온 감정을 고백한다.

그러나 사랑을 하기에 세상은 너무나 암울하다. 덤블도어가 죽고 마법부는 무너지고 볼드모트는 해리를 잡기 위해 시시각각 손길을 내밀고 있다. 해리는 괴롭다. 자기가 지니를 사랑하는 것을 볼드모트가 알게 되면 자신을 잡기 위해 지니를 볼모로 잡을까 봐 두렵다. 사랑하기 때문에 헤어져야 한다는 뻔한 유행가 가사를 제일 싫어하는 나지만, 해리야말로 지니를 너무 사랑하기 때문에 지니와 헤어질 것을 결심한다. 볼드모트를 없애기 위한 위험한 여정을 앞두고 있는 해리로서는 지니까지 위험하게 만들 수 없다. 지니도 알고 있다. 해리가 볼드모트를 없앨 때까지 결코 포기하지 않으리라는 것을. 그리고 바로 그런 해리이기 때문에 사랑한다고 말한다. 간신히 서로의 감정이 통했다고 느끼는 순간 다시 단념을 해야 한다면 어떤 마음일까. 그게 가능이나 할까.

지니는 해리를 잡지 않는다. 그 앞에서 눈물조차 보이지 않는다. 마음은 찢어지지만 해리의 마음도 그러하리라는 것을 아는 지니로서는 자기까지 해리의 짐이 되길 원하지 않는다. 마침내 해리는 볼드모트를 없애기 위한 여정을 떠날 결심을 하고 지니 앞에 선다. 어쩌면 다시는 볼 수 없을지도 모른다. 계획에 실패하고 다치거나 죽을지도 모르는 길이다. 1년이 걸릴지 10년이 걸릴지조차 모른다. 그럼에도 지니는 담담하다. 해리가 늘 감탄하는 점이다. 아무리 마음이 힘들어도 지니는 감정적으로 무너지지 않는다. 징징대지 않는다. 나 같았으면 말할 것도 없이 대성통곡했겠지. 보고 싶은데 볼 수 없다는 건 너무 가혹하고 견디기 힘든 일이다.

위험한 여정으로 떠나보내는 마당에 눈물까지 참을 수는 없다. 엉엉 울고불고하며 붙잡으려고 했을라나. 이러니까 나에게는 해리 같은 운명의 남자가 애당초 생길 수가 없는 거다. 원하지도 않는다. 철없을 땐 사랑 때문에 죽을 수도 있을 줄 알았는데 지금은 단연코 싫다. 사랑 때문에 죽고 싶지 않다. 오래 살면서 사랑하고 사랑받기를 원한다.

그러나 엄마 마음으로 자식 같은 해리와 지니의 마음을 짐작해보는 일은 참 눈물겹다. 나는 그토록 사랑하는 누군가를 두고 떠나본 일이 없다(앞으로도 없으면 좋겠다). 하루하루 벼랑 끝처럼 위험한 도피생활 중에 해리는 이따금 호그와트 비밀 지도를 꺼내 들여다본다. 그 지도에는 호그와트 안에 있는 모든 사람의 움직임이 이름이 쓰여 있는 발자국으로 나타난다. 해리는 '지니'의 발자국이 교실 복도를 걷거나 기숙사에서 움직이는 것을 지켜보며 닿을 수 없는 곳에 있는 연인을 그리워한다. 혹 깊은 밤 잠들지 못하고 서성이는 발자국은 자기를 걱정하고 그리워하는 것은 아닌지 하며 가슴이 미어지기도 했을 것이다. 이렇게 가슴 아픈 연인이라니……

해리는 거듭 결심한다. 지니를 위해서라도 반드시 볼드모트를 없애겠다고, 이 세상에 다시 평화를 가져오겠다고 말이다. 지니는 기약 없는 해리를 기다리며 자신이 있는 곳에서 해야 할 일에 최선을 다한다. 학교를 점령한 악독한 세력들에 굴복하지 않으면서 자기 자신도 잘 지켜나간다. 해리도 지니에 대한 절절한 그리움만큼 꼭 살아남겠다는 의지로 수없이 많은 고난을 이겨나간다.

어떤 사랑은 사람을 무너뜨리기도 하지만 어떤 사랑은 사람을 한없이 우뚝 서게 한다. 두 사람의 사랑은 서로를 더 강하게 했다. 사랑이란 이름으로 그 사람의 날개를 부러뜨리지 않고, 그가 가야 할 길로 힘차게 날아가게 해준 지니. 그리고 그 사랑이 키워준 힘으로 마침내 해야 할 일을 이루어내고 지니 곁으로 돌아온 해리. 두 사람은 깊고도 성숙한 사랑이야말로 가장 강력한 마법임을 모두에게 보여주었다.

상처를 안고 사는 삶

위대하고 훌륭한 인물에게도 아픈 상처는 있는 법이다. 놀라운 성공과 업적 뒤에 상상할 수 없이 고통스러운 개인사가 있기도 하다. 대단하고 화려한 성공 뒤에 가려진 개인의 고통과 비극이 드러날 때 우리는 그를 다른 시선, 다른 마음으로 보게 된다. 한 사람을 제대로 이해하는 일이란 보이지 않았던, 오래 숨겨져 있던 그의 고통과 상처를 알게 되었을 때, 바로 거기에서부터 시작되는 것인지도 모른다.

호그와트 마법학교 교장인 덤블도어는 마법 세계에서 가장 존경받는 마법사다. 어떤 마법사보다 뛰어난 마법 실력과 앞날을 내다보는 통찰력으로 마법 세계를 지키는 인물이다. 해리보다 백 살은 많은 사람이지만 학생들 위에 군림하는 교장이 아니다. 현명하고 지혜로우면서도 어린아이 같은 천진함도 있고 재치와 유머도 있어서 열한 살 해리와 허물없이 어울린다. 아버지의 사랑을 느껴본 기억이 없는 해리에게 덤블도어는 마법 세계에서 만난 부모와도 같은 사람이었다. 스승이었고 지도자였으며 무엇보다 해리가 가야 할 곳을 안내해주는 사람이었다. 아무것도 모르던 해리는 덤블도어를 통해 볼드모트의 존재를 알게 되었고, 그를 물리쳐야 하는 자신의 운명을 깨닫게 된다. 그 일을 하기 위해 필요한 것들을 준비해나가는 방법도 덤블도어에게 배웠다. 자기 안의 힘과 용기, 지혜를 키워가면서 해리는 볼드모트를 물리치는 여정을 덤블도어와 함께해나간다. 그만큼 오랜 시간, 많은 것을 함께했지만 해리가 덤블도어의 진짜 모습을 알게 된 것은 그가 죽고 난 후였다.

덤블도어는 호그와트 학생 시절에 이미 누구도 상상할 수 없는 뛰어난 마법 능력을 갖췄다. 미래에 대한 야망을 안고 친구와 더 넓은 세상을 탐험하고자 떠나려던 순간, 어머니의 죽음이 닥친다. 그의 어머니는 어렸을 때의 불행한 사건으로 자신의 능력을 통제하지 못하는 불안정한 여동생을 보살피고 있었다. 여동생은 겨우 여섯 살 때 머글 남자아이들로부터 끔찍한 일을 당하고 그 충격으로 자신의 마법 능력을 제어하지 못하는 상태가 되었다. 덤블도어의 아버지는 외동딸을 그렇게 만든 머글 아이들을 죽이고 그 죄로 아즈카반에 끌려가 그곳에서 삶을 마감한다. 그러나 죽는 순간까지 왜 그 아이들을 죽였는지 대답하지 않았다. 딸의 고통과 상처를 지켜주고 싶었기 때문이다. 그 후 여동생은 어머니가 돌봤다. 그러나 결국 어머니도 자신이 가진 마법의 힘을 통제하지 못하는 여동생의 실수로 죽고 만다.

뛰어난 능력으로 세상을 바꿀 야망을 품고 떠나려던 덤블도어는 하루아침에 여동생과 남동생을 모두 보살펴야 하는 가장이 되었다. 그 좌절감이 얼마나 컸을지 이해할 수 있다. 앞으로 펼쳐질 그 찬란한 영광과 성취를 뒤로하고 주저앉아야 했을 때의 낙심과 실망은 이루 말할 수 없었을 것이다. 평범한 가장으로 살기에 덤블도어의 능력은 너무나 뛰어났다. 당연히 야망도 컸다. 마법 세계뿐만 아니라 인류 전체에 새로운 체제를 이루어낼 원대한 꿈으로 불타오르던 젊은이였다. 그런데 정신이 온전치 못한 여동생 때문에 아무것도 할 수 없게 된 것이다.

내 꿈과 가족이 부딪칠 때 어떤 선택을 해야 할까.

어떤 이는 가족을 외면해버리고 어떤 이는 성공을 포기할 것이다. 누가 더 옳은가는 판단할 수 없다. 당사자가 아니고서는 누구도 함부로 비난할 수 없다.

여동생을 병원에 보낼 수도 있다. 그러나 그러면 여동생은 평생 그곳을 벗어나지 못할 것이다. 네빌의 부모님처럼. 곁에서 동생이 흥분하지 않게 잘 보살피기만 하면 평온하게 살아갈 수도 있다. 부모님은 그 일을 위해 모든 삶을 다 바쳐가며 동생을 지켜왔다. 이 모든 것을 알면서 덤블도어는 어떤 선택도 하지 못한다. 동생을 데려가면 자신의 꿈을 펼 수 없고, 그대로 두면 동생은 제대로 살아갈 수 없다. 모든 것을 포기하고 남기엔 자신의 능력과 야망이 너무나 크다. 누군들 이런 상황에서 쉽게 결정할 수 있을까.

낙심하던 덤블도어의 삶은 이웃에 오게 된 그와 똑같은 능력과 야심을 가진 친구를 만나면서 활기를 띤다. 둘이 힘을 합해서 이룰 새로운 세상에 대한 열망이 더 커진 그에게 여동생의 존재는 점점 더 무거운 짐이 된다. 동생을 돌봐야 하는 책임에 소홀한 형을 비난하던 동생과 형의 성공을 가로막는 동생을 비난하는 친구 사이에 큰 싸움이 일어나고, 마침내 세 사람은 서로를 향해 저주를 날리며 공격을 하기에 이른다. 그 혼란 속에서 서로를 향해 동시에 날아간 살인 저주로 여동생이 목숨을 잃는 비극이 일어난다. 셋 중 누가 그녀를 죽게 했는지 아무도 모른다. 그러나 덤블도어는 죽을 때까지 동생을 죽게 한 사람이 자신일지도 모른다는 죄책감을 벗지 못했다. 결과적으로 덤블도어의 앞날을 가로막던 걸림돌이 사라진 셈이었지만 이 일로 덤블도어는 헛된 야망을 버리고 호그와트에서 미래의 마법사들을 기르는 일에 전념하게 된다. 폭주하던 욕망을 다스리지 못했던 자신의 부족함이 초래한 비극적인 사건을 가슴 깊이 품고 속죄하는 삶을 선택한 것이다.

오랜 시간이 걸려 볼드모트의 영혼 일부를 봉인해놓은 반지를 찾게 된 덤블도어는 그 반지가 죽은 사람을 불러낼 수 있게 하는 힘이 있다는 것을 알고 덥석 그 반지를 손가락에 끼고 만다. 볼드모트가 강력한 저주를 걸어놓았다는 사실보다 그 반지를 이용해서 죽은 동생과 어머니, 아버지를 만나 그들에게 얼마나 미안해하고 있는지 전하고 싶었던 마음이 앞섰던 것이다. 그토록 위대한 마법사로, 훌륭한 업적을 이뤄 칭송받던 그도 마음속에 100년이 넘도록 지키지 못했던 가족들에 대한 미안함과 죄책감이 떠나지 않고 있었다. 한 번이라도 그들을 다시 만나 자신의 진심을 전하고 싶었던 가엾은 한 인간은 한순간 이성을 잃고 자신을 죽음에 이르게 하는 강력한 저주가 걸린 반지를 끼고 만다. 그리고 결국 그 반지에 깃들어 있던 저주에 의해 죽음을 맞이한다. 덤블도어를 죽게 한 것은 그 자신의 상처였다. 마음 깊숙한 곳에 긴 세월 동안 품고 살았던 죄책감과 그리움이었다. 그토록 사랑했지만 지키지 못했던 가족에 대한 미안함 앞에서 위대한 마법사도 한순간 무너져버린 것이다.

지금 내 앞에서 웃고 있는 한 사람의 마음속에 얼마나 깊은 슬픔과 아픔이 있을지 알 수 없다. 한 사람의 진실을 아는 일이란 어쩌면 한 생애가 다 걸려야 하는지도 모른다. 내 안에 있는 상처조차 제대로 알아보지 못하며 사는 사람들도 많다. 그러니 한 사람을 이해한다는 말은 세상에서 제일 어려운 말이 아닐까. 다만 있는 힘을 다해 너의 진심을, 아픔을, 상처를 이해하고 싶다는 마음을 전할 수 있을 뿐. 그 마음으로도 다 할 수 없음을 인정하면서, 사람을 만나고 알아가는 일에 한없이 겸손해지고 싶다.

볼드모트를 연민하다

모든 것을 다 굴복시키고 싶었다. 모든 마법사와 인간, 심지어 죽음까지도 그는 자신의 발아래 두고 싶었다. 그렇게 세상을 지배하고 죽음까지도 지배하며 영원히 권력을 누리며 살고 싶었으나 그는 결국 가련한 실패자가 되었다. 볼드모트 이야기다.

탄생부터 불우했다. 어머니는 몰락한 가문의 마법사로 태어나 친아버지와 오빠에게 지독한 학대를 받으며 자라는 동안 타고난 마법 능력까지도 위축되어버린 비참한 어린 시절을 보냈다. 이웃에 살던 잘생긴 머글 청년을 짝사랑하던 어머니는 마법을 걸어 그의 사랑을 얻었고 임신까지 하게 되지만, 마법이 사라지자 정신을 차린 머글 아버지는 임신한 그녀를 버리고 떠난다. 어머니는 고아원에서 볼드모트를 낳자마자 죽어버린다. 호그와트 학생 시절, 이 사실을 알게 된 그는 머글 아버지를 찾아가 일가족을 모두 몰살시켜버린다. 자신이 날린 살인 저주에 속수무책으로 죽어가는 머글 아버지를 지켜보며 마법사가 아닌 존재의 나약함에 대한 혐오감, 죽음은 영원한 몰락이자 패배라는 생각을 한층 굳히게 되었을 것이다. 그러면서 세상에서 제일 강한 마법사가 되어 모든 마법사와 인간을 지배하고 마침내는 죽음까지 지배하기 위한 방법을 찾기 시작한다.

누구보다 강한 어둠의 마법을 익히고 추종자들을 모아 마법 세계 전체를 혼란에 빠뜨리며 승승장구할 때만 해도 그는 자신의 성공을 의심하지 않았다. 자기를 죽일 운명을 타고났다는 어린아이가 있다는 얘기를 듣고 해리 포터를 죽이기 위해 나서기 전까지는 말이다. 세상에서 가장 강한 마법사인 그에게 어린아이 하나쯤 죽이는 일이야 아무것도 아니었을 것이다. 그러나 그는 실패한다. 해리의 아버지를 먼저 죽이고 해리를 죽이려고 했을 때, 어린 자식을 구하기 위해 자기 몸을 날려 대신 살인 저주를 맞은 해리 어머니의 희생으로 저주가 자신에게 튕겨버린 것이다. 그는 죽은 것도 아니고 살아 있다고 보기도 어려운 상태로 간신히 목숨만 건져 달아난다. 그리고 다시 부활하기까지 끔찍하게 고통스러운 시간을 보낸다.

볼드모트와 해리는 어떤 면에서는 공통점이 많다. 둘 다 부모 없는 비참한 어린 시절을 보냈고 뛰어난 마법 실력이 있었다. 그러나 한 명은 어둠의 마왕이 되고, 또 다른 한 명은 그 반대편에서 그를 물리치는 용사가 된다. 무엇이 이 둘을 이렇게 전혀 다른 존재가 되게 한 것일까.

'사랑'이다.

태어나서 자라고 무시무시한 어둠의 마왕이 되기까지 볼드모트의 인생 어디에도 사랑은 없었다. 마법으로 아버지의 정신을 흐리게 한 상태에서 가진 아이였으니 잉태조차도 사랑의 결실이라고 할 수 없을 것이다. 누구도 사랑하지 않았고 누구의 사랑도 받지 못했다. 원하지도 않았다. 고아원에서도 호그와트에서도 그는 왠지 두렵고 가까이하기 어려운 학생이었다. 인정받는 모범생이었으나 절대 친구를 만들지 않았다. 오직 그의 실력을 숭배하는 추종자들만 두었을 뿐이다. 그는 사랑이란 감정을 나약하고 하찮은 것으로 여겼다. 해리를 그토록 사랑했음에도 자신의 목숨 하나 지키지 못한 해리의 어머니를 비웃었다. 누군가를 소중히 하고, 그 사람을 지키기 위해 애를 쓰고, 누군가를 위해 위험을 무릅쓰는 일 따위는 볼드모트에겐 아무런 가치도 없었다. 오직 강한 마법의 힘만이 자기를 지켜주리라고 믿었을 뿐이다. 그래서 그는 사랑이란 감정을 전혀 이해하지 못한다. 희생이니 헌신이니 보살핌이니 염려니 하는 말들도 마찬가지다.

볼드모트는 사랑이 얼마나 사람을 강하게 만들 수 있는지 알지 못했다. 다른 사람을 위해 목숨까지 바치는 걸 마다하지 않는 사람들과 싸우는 일이 얼마나 힘겨운지 전혀 예상하지 못한 것처럼 말이다. 그의 능력에 두려움과 공포를 느끼고 충성하는 마법사가 많았지만 소설의 마지막 호그와트 전투에서 죽은 줄 알았던 해리가 살아 있다는 것이 밝혀지자마자 수많은 추종자가 도망가버렸다는 것만 봐도 알 수 있다. 두려움과 공포로 맺어진 관계는 더한 두려움을 만나면 무력하게 스러져버린다. 해리를 사랑했던 동료들과 친구들은 해리가 죽었다는 말에도 볼드모트에게 굴복하지 않았다. 오히려 해리의 몫까지 싸우겠다는 마음을 더욱 굳건히 했을 뿐이다.

서로에 대한 사랑, 우정, 신뢰로 맺어진 사람들의 힘은 어떤 마법보다 강력했다. 서로를 위해 기꺼이 희생하고 대신 죽기를 마다하지 않는 마음들은 볼드모트의 마법으로도 다 막아낼 수 없었다. 아무런 대가 없이 오로지 사랑하는 친구와 가족을 위해, 사랑하는 학교와 이곳에서의 자유롭고 행복한 삶을 위해 기꺼이 자신을 희생해서라도 이 모두를 지키겠다는 마음으로 똘똘 뭉친 사람들은 그 자체로 볼드모트가 건드릴 수 없는 사랑과 헌신의 결정체였다. 어떤 마법으로도 그가 결코 얻을 수 없는 것들이었다.

누구에게도 사랑받지 못했고 누구도 사랑해본 적이 없으며 자기 자신조차 사랑할 줄 몰랐던 존재가 볼드모트였다. 그래서 죽음을 지배하겠다는 욕망으로 자신의 영혼을 조각조각 내는 일을 서슴지 않을 수 있었다. 해리는 끝까지 그를 동정하며 기회를 주고자 했다. 조금이라도 그의 조각난 영혼이 회복되도록, 조금이라도 후회와 연민과 죄책감을 느낄 수 있도록 마지막 순간까지도 기다렸다. 그러나 볼드모트는 그 모든 것을 끝내 이해할 수 없었고 자신에게 돌아올 수밖에 없는 저주를 날려 스스로를 죽여버린다.

어둠의 마왕이었고 수없이 끔찍한 살인을 저지르며 세상을 온통 두려움과 고통 속에 빠뜨린 인물이지만, 생각해보면 볼드모트는 가엾고 불쌍한 존재다. 한 번도 사랑받지 못하고 사랑을 모르고 살아간, 자신을 진정 강하게 할 수 있는 것이 무엇인지 그토록 많은 마법을 익히고도 절대 이해하지 못했던 딱한 존재였다.

많은 사람이 아니어도 된다. 만약 단 한 사람이라도 나를 진심으로 사랑해준다면, 단 한 사람에게라도 그런 사랑을 받았다면 그것만으로 이미 내 안엔 이 삶을 단단하게 살아갈 모든 힘이 새겨져 있는 셈이다. 그러니 한때라도 누군가에게 세상에서 제일 소중한 존재였다면, 살아가는 동안 누군가를 진실되고 깊게 사랑하고 사랑을 주며 살아갈 수 있다. 누구도 내 안에서 앗아갈 수 없는 것, 어떤 시련 속에서도 나를 다시 일으켜주는 것은 바로 내게 기울여진 사랑, 내 안에 새겨져 있는 사랑뿐이다.

더 많이 사랑하지 못한 것, 더 오래 함께 있어주지 못한 것을 아파하기보다 함께 있는 시간을 더 진한 사랑으로 채우는 데 마음을 모으며 사는 것. 지금 여기에서 우리가 할 수 있는 가장 위대한 일이다.

한 사람의 진실이 드러날 때

아이들이 어릴 때 같이 영화를 보면 꼭 이렇게 묻곤 했다.

"저 사람 좋은 편이야, 나쁜 편이야?"

세상의 모든 사람이 좋은 편과 나쁜 편으로 구분되는 단순한 세상에서 아이들은 좋은 편이 우리 편이고 언제나 좋은 편이 이기는 것을 당연하게 여겼다. 그러나 커가면서 알게 된다. 세상은 그렇게 좋은 편과 나쁜 편으로 단순하게 나뉘지 않는다는 것을. 좋은 줄 알았는데 정말 나쁜 사람도 있고, 그 반대도 얼마든지 있다. 그뿐인가. 좋은 사람인지 나쁜 사람인지 끝내 판단할 수 없는 사람도 많다. 한 사람 안에는 너무나 다양한 모습이 들어 있다. 우리 안에서도 선과 악이 끝없이 부딪치고 갈등한다. 그래서 우리는 이 두 모습을 쉼 없이 넘나들며 살아가는 것인지도 모른다. 어떤 사람을 판단하는 일에 끝까지 신중해야 하는 이유다. 차마 말할 수 없는 마음, 절대 감추고 싶었던 감정, 혼자 감당할 수밖에 없었던 사연들이 있을지도 모르기 때문이다.

호그와트 마법학교 슬리데린 기숙사의 사감 세베루스 스네이프는 고민할 것도 없이 처음부터 나쁜 편이었다. 주인공인 해리를 몹시도 괴롭혔기 때문이다. 그것도 몹시 비겁하고 비열하게. 자기 기숙사 학생들만 감싸고 해리와 친구들을 차별할 뿐만 아니라 폭언에 때로는 폭행까지 일삼는다. 사소한 실수도 지적해서 점수를 깎고 벌을 준다. 스네이프는 특히 해리를 아주 싫어한다. 자신과 호그와트 동기였던 해리의 아버지 제임스와 앙숙이었던 탓에 제임스에 대한 험담으로 툭하면 해리를 화나게 한다. 학생을 차별하고 부모를 조롱하고 수업 시간마다 괴롭히니 해리는 스네이프를 대하는 일이 참 괴롭다. 늘 무서운 표정으로 학생들을 혼내고 무시하는 모습도 불편하지만 행동도 수상쩍다. 그는 한때 볼드모트의 부하였다. 덤블도어 교장은 그가 우리 편으로 완전히 돌아왔다고 말하지만 해리와 친구들은 그 말을 믿지 않는다. 오히려 덤블도어가 속고 있는 것이라고 여긴다.

훌륭하고 용감한 마법사라고 믿었던 아버지가 학창 시절 비열하게 스네이프를 괴롭히던 학생이었다는 사실을 알게 되었을 때, 해리는 큰 충격을 받기도 했다. 그로 인해 왜 그토록 스네이프가 자신과 아버지를 증오하고 혐오하는지 이해하게 되었지만, 그래도 불편하고 싫은 건 어쩔 수 없다.

언제나 불쾌하고 의심스럽던 스네이프는 제6부 『해리 포터와 혼혈 왕자』에서 자신을 제일 신뢰하던 덤블도어를 죽임으로써 모두에게 충격적인 배신을 안긴다. 해리는 참을 수 없는 충격과 분노로 스네이프를 증오하고 또 증오한다. 그렇게 스네이프는 볼드모트 다음가는 악의 화신이 되었다.

마침내 선과 악이 호그와트에서 한판 전쟁을 벌이는 소설의 대단원까지 스네이프는 의심할 바 없는 악당이었다. 그토록 충성하던 부하조차도 자신의 이익에 따라 한순간 없애버리는 볼드모트의 잔인함 때문에 죽임을 당하는 순간까지도 동정할 수 없었다. 그러나 죽어가는 스네이프는 그에게 다가온 해리에게 자신의 기억을 유리병에 받게 한다. 덤블도어의 방에 있던 펜시브를 통해 그의 기억 속으로 들어간 해리는 그의 모든 날을 본다. 그리고 알게 된다. 이제까지 알고 있던 것과 완전히 다른, 상상할 수 없는 이야기가 있었다는 것을 말이다.

스네이프야말로 진정한 '우리 편'이었다. 그 사실을 철저하게 감추고 볼드모트에게 충성하는 것처럼 보이면서 우리

편을 위해 가장 어려운 일을 해온 사람이었다.

스네이프는 불우한 어린 시절에 우연히 해리의 엄마 릴리를 만나 마음 깊이 사랑하게 된다. 릴리와 함께 보낸 즐거운 시간들은 스네이프의 인생에서 가장 행복한 기억으로 간직된다. 그러나 릴리는 스네이프가 가장 싫어하는 제임스의 아내가 되고 스네이프는 볼드모트의 부하가 된다. 볼드모트는 자기를 죽이기 위해 태어난 아이가 있다는 예언을 듣고 그 아이가 해리임을 알게 된다. 릴리의 목숨이 위험해지자 스네이프는 볼드모트에게 릴리만은 살려달라고 부탁하지만 소용이 없었다. 스네이프는 마침내 덤블도어를 찾아와 간청을 한다. 덤블도어는 해리의 가족을 지켜주는 대가로 자신을 위해 일할 것을 명령한다.

그러나 해리 부부는 끝내 볼드모트에 의해 죽고 만다. 오직 아기 해리만 릴리가 몸을 던져 살인 저주를 대신 맞음으로써 살아난다. 스네이프는 마음이 찢어지는 듯 오열한다. 릴리를 지키지 못한 자신을 책망하며 울부짖는다. 덤블도어는 그에게 릴리를 사랑했다면 릴리가 남긴 아이를 지키는 일을 도우라고 말한다. 릴리의 희생이 헛되지 않게 볼드모트가 다시 돌아오면 심각한 위험에 처할 그 아이를 지키라고 말이다. 스네이프는 제임스의 아이를 보살펴야 한다는 사실을 받아들이기 어렵지만 이 얘기를 누구에게도 말하지 말 것을 부탁하며 덤블도어의 말을 따른다. 그리고 해리가 입학하는 순간부터 자라는 내내 해리에게 닥치는 위험에서 해리를 지키기 위해 애쓴다.

그 무렵 덤블도어는 볼드모트의 비밀을 추적하는 과정에서 심각한 저주가 걸려 있는 물건을 만지게 되고, 온몸에 독이 퍼져 죽을 운명에 처한다. 덤블도어는 때가 되면 스네이프에게 자신을 죽여줄 것을 부탁한다. 고통 없이 깨끗하게 세상을 떠날 수 있도록 말이다. 이 일은 스네이프로 하여금 볼드모트의 신임을 더욱더 확실하게 얻게 할 것이었다. 마침내 죽음을 먹는 자들이 호그와트를 완전히 점령하고 덤블도어의 목숨이 위험해지자 스네이프는 덤블도어에게 살인 저주를 날린다. 그렇게 그를 죽이고 동료들에게 용서할 수 없는 배신자가 되고 만다.

덤블도어가 죽은 이후에도 스네이프는 끝까지 볼드모트에게 충성하는 척하며 자기가 맡은 일에 최선을 다하지만 결국 볼드모트에게 잔인하게 죽임을 당한다. 만약 그 순간 해리가 그를 찾아오지 않았다면 그는 영원히 동료를 죽이고, 친구를 배신하고, 악한 힘에 굴복했던 악당으로 남았을 것이다.

진실은 늘 너무나 다른 얼굴을 하고 있다.

가장 악한 사람이라고 생각했던 스네이프. 죽는 순간까지 해리가 증오했던 그 인물이 사실은 가장 어렵고 중요한 일을 맡아왔던, 우리 편을 위해 모든 것을 다 해왔던 사람이라는 것이 밝혀졌을 때 오랫동안 그를 미워했던 전 세계의 독자들도 깊은 충격과 감동을 받았다.

스네이프는 끝내 건방진 제임스를 꼭 빼닮은 해리를 좋아하지 않았다. 그럼에도 릴리가 세상에 남긴 그 아이를 지키기 위해 모든 것을 했다. 무려 볼드모트를 속이는 일이다. 한시라도 긴장을 늦춘다면 볼드모트에게 자신의 생각을 간파당했을 것이다. 그러니 얼마나 강한 긴장으로 자신을 단속하며 그 많은 날을 견딘 것일까. 꿈속에서조차 편안할 수 없는 삶을 어떻게 견딘 것일까.

사랑이다. 평생 유일하게 사랑했고 가슴 깊이 아꼈던 릴리에 대한 사랑.

누구에게나 자신이 하는 노력과 헌신을 인정받고 싶은 마음이 있다. 누구도 알지 못하고, 오히려 비난과 증오의 대상이 되어가면서까지 그 일을 끝까지 해낼 수 있었던 것은 오직 릴리에 대한 사랑 때문이었다. 그 사람의 희생을 헛되게 하지 않기 위해서 스네이프는 모든 것을 다 감당했다. 그녀를 지켜주지 못한 깊은 아픔과 죄책감을 안고 스네이프는 오해와 증오의 대상이 되는 그 외롭고 고통스러운 삶을 걸어간 것이다.

하나의 생 안에 이토록 지극한 사연들이 있다. 그러니 한 사람의 진실을 아는 일이란 얼마나 어려운가. 그 정도의 관심, 노력, 시간과 인내를 기울여본 적이 있었나.

내 앞에 있는 사람이 어떤 경험과 어떤 추억, 어떤 감정과 마음으로 살고 있는지, 살아온 것인지 다 알 수는 없다 해도 무수한 삶의 갈피 속에서 그럴 수밖에 없던 곡절들이 숨어 있음을 짐작하면 누구에게도 차마 모질어질 수 없다. 그런 마음으로 세상을 보면 끝까지 미운 사람도 절대 용서할 수 없는 사람도 없다. 다만 마음을 열어 한 사람의 이야기에 진심으로 귀를 기울일 뿐이다.

세상에서 가장 강한 마법

소설의 대단원, 해리의 마지막 여정을 생각한다.

볼드모트와 죽음을 먹는 자들에게서 마법 세계를 지키고자 하는 세력의 저항으로, 피할 수 없는 전쟁이 벌어진 호그와트. 해리는 사방에서 자신이 사랑하던 사람들이 다치고 죽는 모습을 본다. 가슴이 찢어지는 고통을 겪으며 해리는 마침내 자신이 무엇을 해야 하는지 알게 된다. 이 모든 비극을 끝내고 더 이상의 희생을 막을 수 있는 일, 그것은 자신이 아무런 방어 없이 볼드모트의 손에 죽는 것이다. 이것이야말로 해리의 인생에 오래전부터 준비되었던 그의 운명이었다. 볼드모트의 손에 기꺼이 죽어야만 하는 것.

폐허가 된 학교와 사랑하는 사람들을 뒤로하고 어두운 밤, 해리는 홀로 죽음을 향해 걸어간다.

그토록 수많은 위험을 겪으면서도 언제나 놀랄 만큼 강

한 삶의 의지로 이겨냈던 해리지만 죽음을 향한 여정은 다를 것이다. 그래서 모든 모험을 함께해낸 론과 헤르미온에게조차 알릴 수 없다. 철저하게 혼자 감당해야 한다. 물론 도망갈 수는 있다. 그러나 해리는 안다. 자신은 결코 도망가지도, 되돌아가지도 않을 것임을. 더이상 다른 누군가가 자신 때문에 죽는 것을 내버려두지 않으리라는 것을. 하지만 그럼에도 두려운 것은 어쩔 수 없다.

죽음을 향해 가는 길에 마지막으로 마주친 사람은 해리가 그토록 사랑하는 지니였다. 겁에 질린 어린 학생을 위로하는 아름답고 용기 있는 지니를 바라보며 해리는 생각한다. 누가 자신을 붙잡아주기를, 자신이 어디로 가고 있는지 지니가 알아주기를, 억지로라도 집으로 돌려보내주기를. 그럼에도 해리는 묵묵히 걸음을 옮긴다. 이루 다 표현할 수 없는 감정들을 마음속 깊이 지그시 누르고 사랑하는 사람을 지나쳐 죽음을 향해간다.

그리고 이 순간, 그는 진정한 죽음의 지배자가 된다.

볼드모트가 그토록 열망했던 것, 세상에서 가장 강한 마법 지팡이를 얻고 자신의 영혼까지 조각내어 봉인시켜가면서까지 지배하고 싶었던 그 죽음을 해리가 넘어선다.

볼드모트는 평생 죽음을 두려워했다. 죽음은 그에게 나약한 패배였다. 진정 강한 자가 되면 죽음에 지지 않고 죽음을 지배할 수 있으리라 믿었다. 그래서 죽지 않을 수 있는 모든 마법을 찾아 헤맸다. 죽지 않는 존재가 되기 위해서 모든 일을 다 했다. 그럼에도 그는 실패했다.

두려워하는 대상은 결코 지배할 수 없음을 알지 못했기 때문이다.

진정한 죽음의 지배자는 죽음으로부터 달아나려고 하지 않는다. 죽음의 지배자는 자신이 반드시 죽어야 한다는 사실을 받아들이고, 살아 있는 사람들의 세계에는 죽는 것보다도 훨씬 더 끔찍한 일들이 존재한다는 사실을 이해하기 때문이다.

시리우스의 죽음을 겪으면서 해리는 죽음보다 더한 고통이 있다는 것을 알게 되었다. 차라리 죽어서 시리우스 곁에 가기를 원할 만큼 그 고통은 깊고도 아팠다. 누군가를 위해서 죽을 수도 있는 사람, 자신의 목숨과 안전보다 사랑하는 사람을 구하고 지키는 일에 몸과 마음이 더 먼저 나가는 사람, 그런 사람을 볼드모트는 결코 이길 수 없었다.

그토록 위대하고 심오한 마법을 익혔지만 볼드모트가 절대 가질 수 없던 능력을 해리는 가지고 있었다. 볼드모트가 결코 이해할 수 없었던 것들이다.

사랑하는 능력.

고통을 느끼는 능력.

후회하고 아파하는 능력.

고통도, 후회와 아픔도 사랑에서 온다. 결국 사랑할 수 있는 한 우리는 패배하지 않는다.

다른 존재가 겪는 고통에 분노하고 같이 아파하는 마음이야말로 해리를 지켜주는 가장 강한 힘이었다. 약하고 고통받고 상처 입은 존재들에 대한 연민과 연대는 가장 위급한 순간에 해리를 지켜주었다. 친구에 대한 사랑, 부모에 대한 사랑. 동료, 이웃, 선생님과 학교, 내가 속해 있는 세상, 그것들과 함께하는 모든 것들을 해리는 사랑했다. 그리고 자신이 사랑하는 것들을 지키기 위해 어떤 일이든 마다하지 않았다. 그 어떤 권력보다 사랑하는 사람들과 함께하는 삶을 소중하게 여겼다. 이런 마음이 악한 유혹들로부터 해리를 흔들리지 않게 지켜주었다.

'호크룩스'는 영혼을 조각내는 일이고 그 영혼을 담은 물건이다. 볼드모트는 죽음을 피하기 위해 호크룩스를 이용해 자신의 영혼을 수없이 조각내는 일을 마다하지 않았다. 그러나 이 호크룩스를 되돌릴 수 있는 방법이 있다. 양심의 가

책을 느끼는 것이다. 자기가 저지른 과오에 대하여 마음 깊이 자책하고 후회할 때 조각나고 찢어진 영혼이 조금씩 제자리를 찾아간다. 내가 저지른 실수와 잘못을 아파하고 후회할 수 있다면 우리 안에 가장 귀한 마음들을 지키고 회복시킬 수 있다. 해리는 수없이 아파했다. 자신이 지키지 못한 이들을 생각하며 고통스러워하고 괴로워했다. 이런 능력이 수많은 고통 속에서도 해리가 스스로를 지킬 수 있도록 이끌어주었다.

사랑과 고통이 있다는 것은 내가 살아 있음을, 인간답게 살고 있음을 말해준다. 자신이 한 일을 돌아보고 반성하고 후회하고 자책하면서 다음에는 조금 더 나은 선택을 할 때, 찢겨진 영혼을 조금씩 기워가며 보다 온전한 자신을 만들 수 있다.

사랑과 연민, 공감과 연대, 신뢰와 희생, 헌신. 어떤 것보다 사람을 강하게 하는 놀라운 마법을 해리는 자신의 삶으로 보여주었다.

사랑을 하고, 사랑을 받고, 사랑을 나누고, 사랑을 배우고, 사랑을 가르치며 우리는 살아간다. 그 속에서 상처를 입지만 그 상처를 견디고, 기꺼이 껴안고, 고통을 느끼며 살아간다. 그것은 우리가 인간이기 때문이다.

우리 안의 마법을 일깨우는 힘

'해리 포터' 시리즈는 무엇보다 일단 재미있다. 현실 세계 속에 있는 마법 세계라는 독특한 설정, 마법을 가르치는 호그와트 학교의 개성 강한 네 개의 기숙사에서 펼쳐지는 이야기들은 순식간에 우리를 빠져들게 한다. 신기한 마법 수업들, 학생들 간의 경쟁과 대결, 협동과 반목, 조롱과 위협…… 아이들은 실수하고 실패하며 조금씩 나아간다. 무섭고 두려워도 피하지 않는 용기를 배우며, 유혹을 이겨내고, 옳다고 믿는 길을 포기하지 않는다. 그 과정에서 우정과 연대와 믿음이 굳건해지며 꾸준히 성장한다.

이 신비한 마법 세상에는 언제나 위험과 모험이 가득하다. 비행 수업을 받다가 떨어져 팔이 부러지기도 하고, 수업 중에 결투를 하다가 부상을 당하거나 마법 주문을 잘못 써서 몸에 종기가 나기도 한다. 마법 식물들에게 물리기도 하고 마법 약을 만들다가 신발이나 살이 타버리기도 한다. 학교 안에는 유령들이 돌아다니고 거인 선생님이 있는가 하면 늑대 인간인 선생님도 있다. 기숙사로 올라가는 계단은 툭하면 멋대로 움직여서 재빨리 오르지 않으면 기숙사로 들어가지 못하는 일도 흔하다. 학교 안에 무시무시한 괴물이 나타나기도 하고, 탈옥한 죄수가 침입하기도 하고, 학교 밖 숲 속에는 온갖 마법 생물들이 우글거린다. 이런 소용돌이 속에서 세 주인공은 어려운 마법 주문을 익히고 지혜를 모아 목숨을 위협하는 적에 맞서 용감한 활약을 펼친다. 어린 독자들에게 이런 모험들은 글로 읽는 것만으로도 짜릿하고 통쾌하다. 위험과 모험이야말로 이 시대를 살아가는 아이들이 누리기 어려운 것들이기 때문이다.

내 어린 시절을 돌아보면 일상 속에서 자연스럽게 겪어내는 위험들이 있었다. 초등학교에 입학하면 곧 주머니칼로 연필 깎는 법을 배웠다. 1학년 때부터 양동이에 물을 채워 교실로 가져와서 직접 청소를 했다. 그 시절 유리창 청소를 하느라 2층 교실 난간에 앉는 일 따위는 아무것도 아니었다. 대나무 살을 구부려 연도 만들고 신문지 반죽을 짓이겨 탈도 만들었다. 어른이 없어도 때가 되면 연탄을 갈고 꺼진 연탄에 불을 붙일 줄도 알았다.

중고등학교 시절엔 겨울이면 친구들과 리어카로 장작을 나르고 익숙하게 신문지에 불을 붙여 난로를 피웠다. 다 꺼진 난로의 재를 청소하는 것도 우리 일이었다. 겨울방학에 눈이 많이 오면 학교에 나와 선생님들과 가래와 삽으로 눈을 펑펑 치우곤 했다.

초등학교, 중학교, 고등학교를 다니는 동안 공부도 배웠지만 우리는 수많은 일을 스스로 감당하면서 다양한 삶의 기술들을 익혔다. 운이 없으면 다치기도 하고, 데이기도 하고, 찔리기도 했지만 대개는 별탈 없이 그 시절을 살았다. 그 정도의 위험과 노동은 일상이었다. 칼과 불, 나무와 흙을 자연스럽게 접하면서 일상의 여러 도구를 다루다 보면 어느새 많은 일을 해낼 수 있는 힘이 생겼다. 그렇게 작은 위험들을 다루며 더 큰 위험이 왔을 때 잘 대처해나가는 방법들을 익혔다. 그런 경험들이 차곡차곡 쌓여 세상을 단단하게 꾸려가는 힘이 되었다.

일상에서 자연스럽게 겪을 수 있는 위험과 모험을 지금은 찾아보기 어렵다. 아이들은 차를 타고 학교와 학원을 오간다. 아파트로 획일화된 주거 환경 탓에 맘놓고 공을 찰 수 있는 공터조차 부족하다. 아이의 하루는 어른 손바닥 위에 있다. 모든 것을 다 관리받는 일상이라면, 스스로 궁리하고 힘을 모아 해결하는 요령을 익히기가 어렵지 않을까.

지금 아이들은 그 모든 모험을 가상현실 속에서 실현한다. 디지털 세계로 들어가 적을 무찌르고, 동지들을 모으고, 재산을 쌓고, 위기를 해결한다. 일상을 꾸려가는 방법엔 관심이 없다.

'해리 포터'의 주인공들이 맞닥뜨리고 헤쳐나가는 엄청난 위험과 어려운 모험들은 글로 읽는 것만으로도 아이들 본능 속에 숨어 있는 힘을 자극한다. 아이들은 어느새 주인공들과 함께 그 위험과 모험의 여정에 동행하는 것이다. 그렇게 본래 마음속에 있는 상상력, 함께 돕는 마음, 생각을 모으고 깊이 고민하며 방법을 찾아 올바른 선택을 해나가는 본능들을 일깨운다. 더불어 사랑과 우정, 희생과 헌신, 연대와 공감 등 보편적인 가치를 깊게 깨닫는다.

어린아이라면 긴 막대기와 보자기, 망토만 가지고도 얼마든지 꼬마 마법사가 되어 그 세계를 즐길 수 있다. 초등학생인 아이들은 영화 전편을 보면서 줄거리를 이해하고 긴 소설을 읽는 도전을 해볼 수 있다. 10대 자녀들과는 '해리 포터' 세계에 등장하는 인물들의 행동과 내면, 동기와 감정에 대해서 토론할 수도 있겠다.

부모라면 인물들을 또 다른 마음으로 보게 될 것이다. 부모를 잃은 해리에 대한 애틋함, 자신을 알아보지 못하는 부모를 둔 네빌에 대한 연민, 엄마의 죽음을 지켜보았던 상처 속에서도 사랑을 기억하는 아이로 자란 루나에 대한 기특함, 일곱 자녀를 키우는 위즐리 부인에 대한 공감, 부모의 사랑을 받아보지 못한 채 악인의 길만 가는 볼드모트까지 부모의 마음으로 느끼는 연민이 있다. 어떤 엄마, 어떤 부모가 되어야 할지, 부모의 말과 행동, 생각과 태도가 아이들에게 어떤 영향을 줄 수 있는지 '해리 포터'의 등장인물들은 생생하게 알려준다.

그렇게 이야기는 우리 안의 마법을 일깨운다. 우리가 바꿀 수 있는 마음과 세상을 알려준다. 내 안에 이토록 멋진 마법 세계가 있다면, 아이들의 다양한 모습도 훨씬 인내하며 바라봐줄 수 있다. 아이들이 보여주는 성장, 지나고 나면 알게 되는 사랑. 그 모두가 마법의 다른 이름이었다는 것을 깨달을 것이다.

나는 마법을 믿는다. 내가 마법사라는 것도 이제는 안다. 이미 오래전 수없이 많은 마법을 부리며 살아왔다는 것도.

내게 있는 커다란 힘을 조금 더 지혜롭게 쓸 줄 아는 어른으로 살고 싶다. '해리 포터'가 그 길을 가르쳐준다.

나가며

우리는 모두 마법사다

마법사 얘기에 흠뻑 빠져 1년을 보냈다. 반백 살의 나이에 아직도 이렇게 환상적인 이야기에 매혹된다는 것은 나이와 상관없이 마음속에 여전히 아이가 살고 있다는 이야기이기도 하겠지만, 말로 다 표현할 수 없는 어떤 것들이 지금까지 나와 함께해왔음을 이제야 깨달았기 때문이다.

세상 모든 이야기에는 '우리'가 담겨 있다. 환상의 세계를 그린 마법사 이야기도 그렇다. 마법 지팡이도 없고 하늘을 나는 빗자루도 없고 눈앞에 있는 고양이를 꽃으로 변하게 할 수도 없지만, 우리도 특별한 마법을 부릴 수 있다. 얼마나 강력한지도 모르고 부려왔던 마법이다.

우리는 '말'이라는 마법을 쓴다.

말은 채찍이 되어 마음을 후려치기도 하고, 다시 일어서지 못하게 쓰러뜨리기도 하고, 오래되어 굳어버린 것을 단번에 녹이기도 한다.

아이들은 부모의 말을 먹고 자란다. 사랑스러운 말, 격려하는 말, 아이의 존재 자체를 기뻐하는 말, 함께 있는 시간에 감사하는 말, 아이가 모든 성장하는 모습 하나하나에 감동하는 말은 아이를 쑥쑥 자라게 한다.

아이의 잘못을 꾸짖는 데 그치지 않고 아이의 존재를 모욕하는 말, 아이의 실수와 부족함을 불행으로 느끼게 하는 말, 지금 아이가 보여주는 모습으로 미래까지 단정 짓는 말은 아이를 누른다. 그런 말을 들으며 자란 아이는 몸은 자라겠지만 마음과 감정은 한없이 작게 오그라들 것이다.

아이뿐일까. 곁에 있는 사람에게 오늘도 우리는 이토록 강력한 마법을 던졌을지 모른다. 입에서 나오는 말은 우리를 감싸는 기운이 된다. 그 기운으로 사람들이 모여들고 흩어진다.

스스로를 비하하거나 툭하면 남을 책망하는 사람들이 있다. 그런 말을 할 때는 표정도 삐뚤어진다. 그런 말이 모여 그 사람의 인상이 되고 그를 감싸는 기운이 된다. 좋은 사람들이 곁에 올 리 없다. 그러니 이 마법을 잘 써야 한다.

살다 보면 내 뜻대로 할 수 있는 게 별로 없다는 생각이 들곤 한다. 애쓰고 노력한다고 다 잘 풀리는 것도 아니다. 지닌 것이 적으면 똑같이 노력해도 훨씬 더디 나가는 게 세상이다. 내가 바꿀 수 없는 것이 너무 많아 뭘 해보려는 마음을 내기도 힘겹다. 그럴 때마다 덤블도어 교장이 열두 살 해리에게 들려준 말을 생각한다.

"우리의 진정한 모습은 우리의 능력이 아니라 우리의 선택을 통해서 나타나는 거란다."

상황을 바꿀 수는 없지만 태도는 오롯이 내 몫이다. 좌절하거나 남 탓을 할 수도 있지만, 나는 다른 선택을 하고 싶다. 그런 선택들이 모여 나를 이루니까. 억울한 마음을 되갚아줄 기회가 왔을 때 상대와 똑같은 사람이 될지, 그보다 나은 사람이 될지도 내 선택이다. 어떤 생각을 하고, 어떤 마음을 품고, 어떤 감정을 느낄지 우리는 선택할 수 있다. 어떤 상황에서라도 그렇다.

좋은 이야기는 그것을 읽는 이와 함께 나이를 먹는다. 결혼 전에 읽었던 '해리 포터' 시리즈와 세 아이의 엄마로 사는 지금의 내가 읽는 '해리 포터' 시리즈는 다르다. 주인공들이 겪는 일들과 감정 속에서 나는 나 자신을 만나고 내 아이들의 모습도 본다. 같은 이야기일 수가 없다.

마법이라는 판타지를 두르고 있지만 그 속엔 여전히 보편적인 우리의 이야기가 담겨 있다. 새로운 일을 시작할 때의 떨림과 걱정, 기대했던 일이 이루어지지 않았을 때의 실망, 가질 수 없는 것들에 대한 갈망, 소중한 사람을 잃는 슬픔, 마음을 나눌 수 있는 친구에 대한 감사, 억울한 오해와 비난으로 괴로운 마음, 사랑하는 사람을 지키고 싶은 간절함, 불의에 대항하는 용기, 내 뜻대로 안 되는 자녀에 대한 걱정, 학교생활의 즐거움과 괴로움, 어디서든 피어나는 유머, 소외된 존재에 대한 연민과 연대, 그리고 우리를 한없이 강하게 하는 사랑의 힘…… '해리 포터'의 모든 이야기는 우리의 모습과 삶을 보여준다. 이것이 연령을 초월해서 전 세대의 사람들에게 사랑받는 이유다.

큰아이는 열여덟 살이다. 호그와트 마법학교 학생이라면 졸업을 하고 세상에 제 자리를 찾으러 나서는 나이이다. 아직 학교에 다니고 있는 이 아이가 머지않아 세상으로 나가면, 적지 않은 모험을 마주하게 될 것이다. 그때 자신을 잘 지키고 옳은 것을 선택하며 어려운 일들을 헤쳐나갈 수 있는 힘을 지금 쌓고 있다고 믿는다. 둘째 아이는 열네 살, 호그와트 마법학교를 다닌다면 4학년이다. 해리가 다른 나라의 마법학교 학생들과 마법 실력을 겨루며 어려운 시험들을 통과

해 가는 나이다. 이 아이는 중학교라는 더 넓은 세상에서 더 많은 모험을 마주하게 될 것이다. 해리처럼 자신을 믿고 친구들을 믿으며 힘 있게 걸어가기를 바란다. 막내 아이는 열한 살, 호그와트 마법학교의 입학생 나이다. 나의 어린 마법사는 오빠와 언니 덕분에 여러 마법의 힘을 배웠다. 무엇보다 자신에게 좋은 말을 들려줄 줄 안다. 어른에게도 어려운 마법을 어린 나이에 알고 있으니 참 다행이다. 이 멋진 세 마법사와 '해리 포터' 이야기에 풍덩 빠져 보낸 1년은 그 자체로 선물이었다. 나뭇가지를 마법 지팡이 삼아 손에 쥐고 뛰어다니던 아이들이 이제는 주인공들의 행동과 감정에 대해서 이야기를 나눌 만큼 부쩍 자랐다. 이게 마법이 아니고 무엇인가.

한 계절이 가면 또 다음 계절이 오는 것, 겨우내 다 죽은 것처럼 말라 있던 대추나무 거죽을 연둣빛 잎이 뚫고 나오는 것, 그 손톱보다 작은 꽃에서 나는 향기에 벌들이 모여드는 것은 볼 때마다 신비롭다.

마법 따위는 애들 이야기라고 치부해버리는 사람도 있겠지만, 나는 살아가는 일을 신비한 마법처럼 바라보며 오래오래 감동하고 싶다. 주름투성이 할머니가 되어서도 내가 이룬 마법 같은 일을 올올이 음미하며, 매일 아침 변함없이 눈 뜨는 것도 마법이라고 믿겠다. 매 순간 설레고 놀라며 살겠다.

나 역시 내 삶의 마법사임을, 살아 있는 한 내 생각과 말과 행동으로 세상의 한 귀퉁이를 바꿀 수 있음을, 내가 그렇게 믿는 한 나는 언제나 신비하고 귀한 존재임을 늘 기억하며 살겠다. 이것이 '해리 포터' 이야기에서 배운 가장 귀한 가치다.

*

마법 지팡이를 들고 '루모스'라고 외치면 지팡이 끝에서 환한 빛이 나온다.

루모스는 어둠을 밝히는 주문이다.

어둠은 두렵다. 그 속에 무엇이 있는지 알 수 없는 상태란 쉽게 공포와 혼란, 두려움을 불러일으킨다. 어둠은 내 곁에 있는 것도 보이지 않게 한다. 나 혼자 남겨진 기분만큼 존재를 약하게 하는 것은 없다. 깊은 어둠은 심지어 나 자신조차 다 덮어버린다. 내 손과 내 몸, 내 존재마저도 사라진 것 같다. 그런 기분이 들면 숨이 잘 안 쉬어질 때도 있다.

그럴 때 '루모스'라고 외치면 빛이 생긴다. 어둠은 물러가고 모든 것이 보인다. 내 곁에 있는 사람도, 나 자신도 빛 속에서 또렷하게 드러난다. 내가 있는 세상을 알아볼 수 있으면 내가 해야 할 일도 보인다. 비로소 내 앞에 놓인 길을 갈 수 있는 힘이 생긴다. 나는 다시 걸음을 내디딜 수 있다.

'해리 포터' 시리즈를 읽는 동안 늘 이 주문을 마음에 품고 있었다. 환상의 세계는 놀랍고 신비하지만 그 세계에서 빠져나오면 내게 펼쳐지는 것은 여전히 고단하고 때로 비루하게 느껴지는 일상이다. 애써도 제자리인 것 같고, 가끔은 오히려 뒤로 가는 것 같고, 걸림돌들이 너무 많아 막막하게 느껴질 때, 나를 가로막는 문제들을 해결할 방법이 보이지 않을 때 마음속으로 '루모스'라고 외쳐본다. 그러곤 눈을 감고 환한 빛을 떠올린다. 내 주위를 밝혀주는 환한 빛, 어둠을 밀어내는 그 빛 속에 서 있으면 내가 무엇을 해야 할지, 누구와 손을 잡아야 하는지, 지금 내가 어디에 서 있는지 알 수 있을 것 같은 기분이 들곤 했다. 오래오래 그 빛 속에 머물다 보면 흐릿했던 것들이 다시 선명해졌다.

내 안에는 두려움보다 힘이 더 많고, 문제를 해결할 방법을 나는 언제나 알고 있었다. 단지 가끔 그 사실을 잊어버릴 뿐이다. 그럴 때 '루모스'라고 외친다. 마음이 밝혀주는 빛 속에 서보는 것이다. 그 빛 속에서 내가 가진 힘, 내가 해냈던 일들, 나를 아껴주는 사람들을 하나하나 떠올린다. 내가 누구인지 다시 기억해낸다. 마음으로 떠올리던 빛들이 내 존재 전체에 차곡차곡 쌓여간다. 그렇구나, 생각났다. 온통 다 빛이구나. 나도 빛나고 있었구나. 처음부터 언제나 그렇게.

너무나 좋아하는 이야기였음에도 이 책을 쓰는 일은 쉽지 않았다. 처음에는 쓰고 싶은 이야기가 너무 많아서였고, 뒤로 갈수록 '해리 포터'의 어마어마한 팬덤이 부담이 되었다. 그럴 때마다 아이들이 내게 빛이 되어주었다. 우리가 재미있었던 것들에 대해서 쓰도록 나를 격려했다. 글이 막힐 때마다 아이들과 스스럼없이 '해리 포터'에 대한 수다를 떨면서 다시 아이디어를 찾곤 했다. 큰아이는 '해리 포터' 시리즈를 열 번도 더 읽었다. 어느 시리즈의 어떤 내용을 물어도 바로 정확한 내용을 알려주면서 책 쓰는 동안 늘 든든하게 내 작업을 지켜주었다. 열네 살 큰딸은 내 글 여러 편을 진지하게 읽고 느낌을 말해주었다. 딸이 독자가 되어주는 글을 쓰는 기쁨이 컸다. 열한 살 막내는 고단하고 답답할 때마다 가장 재미난 말 상대가 되어주었다. 필규, 윤정, 이룸. 세 아이가 내는 빛은 내 삶 속에서 가장 환하다. 그 빛에 의지해 끝까지 올 수 있었다.

남편은 책으로 나온 '해리 포터' 시리즈도 안 읽었고 영화도 드문드문 본 사람이라 내가 매달리는 일에 같이 열광해주지는 못했지만 언제나 내가 하는 일을 믿어주고 자랑스러워한다. 남편이 밝혀주는 빛은 눈부시진 않지만 온화하고 따듯하다. 돌아보면 언제나 그 자리에 있는 사람, 그 빛에 늘 기대고 있다.

글 쓰는 딸을 자랑스러워하시는 부모님, 여전히 내 삶의 빛이 되어주시는 두 분께 깊은 사랑을 전한다.

나만큼 '해리 포터'를 사랑하고 이 글을 쓰는 동안 많은 아이디어와 격려를 아끼지 않은 자매들, 정말 고맙다.

작업이 늦어질수록 기대를 더 많이 품고 기다려준 독자들은 늘 내가 쓰고 싶은 글을 쓸 수 있도록 나를 이끌어주는 빛이다.

하나하나 따스하고 힘이 되는 그 빛들이 내 길을 밝히고 있다. 그 빛들을 따라서 여기까지 왔다. 내가 쓴 글 속에 나를 여기까지 이끌어준 그 따스한 빛들이 제대로 담겼기를 바란다.

이제 다시 내 안의 빛을 밝힐 시간이다.

해리 포터를 읽는 시간

초판 발행 2020년 6월 12일

지은이 신순화
펴낸이 김정순
편집 허정은 김필균
디자인 이아름 김수진
본문 일러스트 유소
마케팅 김보미 양혜림 이지혜

펴낸곳 ㈜북하우스 퍼블리셔스
출판 등록 1997년 9월 23일 제406-2003-055호
주소 04043 서울특별시 마포구 양화로 12길 16-9(서교동 북앤빌딩)
전자우편 editor@bookhouse.co.kr
홈페이지 www.bookhouse.co.kr
전화번호 02-3144-3123
팩스 02-3144-3121

ISBN 979-11-6405-063-5 03810

이 도서의 국립중앙도서관 출판예정도서목록(CIP)은 서지정보유통지원시스템 홈페이지(http://seoji.nl.go.kr)와 국가자료종합목록 구축시스템(http://kolis-net.nl.go.kr)에서 이용하실 수 있습니다. (CIP제어번호: CIP2020021280)